老病死に関する万葉歌文集成

大久保廣行
上安広沼　野呂　香
早川芳枝　池原陽斉　編

笠間書院

はしがき

生・老・病・死は、人間のいわゆる八大辛苦の中で重要な四苦を占めるが、人が現世に在る限り、避けたり逃れたりすることのできない苦しみである。それは未来永劫にわたって、人間に課せられた宿命でもある。現に今、それはわたしたちを脅かす重要課題となって深刻の度を増しつつある。

では、遡って、奈良時代の人びとにはそれはどう意識されていただろうか。彼らは果たしてどのような死生観を懐いていたか、それに連なる老病についてはどう受け止めていたか、また、それらはどのような具体的表現を通して描出されているか——本書は、そのような考察に資するため、『万葉集』を取り上げてその中から老病死にかかわる語句を含む歌文を摘出し、テーマ別に分類したものである。

全体をⅠ和歌編とⅡ文章編（題詞・左注・序文・文章等）に大別し、その中をさらに**第一部老・第二部病・第三部死**に分けて掲げた。末尾に［付］として索引編（用語、歌人・歌集別、歌番号〈以上和歌編索引〉、通し番号〈文章編索引〉）も加えて検索の便をはかった。また、和歌編と文章編の性格の違いから、凡例はそれぞれの冒頭に別々に示した。

テキストには、佐竹昭広・木下正俊・小島憲之［共著］「萬葉集　本文篇」（平成十四年三月三十日　補訂版六刷　塙書房）、同「萬葉集　訳文篇」（平成十四年三月二十日　初版二十二刷　塙書房）を用いた。

目次

I 和歌編

凡例（和歌編） ……… 2
第一部 老 ……… 16
第二部 病 ……… 30
第三部 死 ……… 40

II 文章編

凡例（文章編） ……… 126
第一部 老 ……… 132

第二部　病 ……………………… 139
第三部　死 ……………………… 152
あとがき ………………………… 172

[付] 索引編

1　和歌編　用語索引 …………… (2)
2　和歌編　歌人・歌集別索引 … (15)
3　和歌編　歌番号索引 ………… (24)
4　文章編　通し番号索引 ……… (34)

Ⅰ 和歌編

I　和歌編

凡例（和歌編）

一　万葉歌の掲出方法

万葉歌の掲出については、短歌は重複する場合でもすべて全形を掲出したが、長歌の全形掲出は初回のみに留め、二度以上掲出する場合には適宜、省略を行った。巻と歌番号については、巻は算用数字を〇で囲み、歌番号（旧国歌大観番号）は漢数字で記し、さらに作者名・歌集名などが判明している歌についてはそれを加えた。

二　該当語句の明示方法

該当句は太字・ゴシック体で明示し、合わせて読み仮名を付した。また該当句にのみ書き下し文の後に〔　〕に括って原文を示した。表示は語単位ではなく句単位で行い、以下のような場合には該当句が複数に亘った。

①該当語が複数句にまたがる場合。
②前後の語句が該当語の表現と密接にかかわり、それらを含んだほうが老・病・死にかかわる表現として明確になると判断した場合。

以上のような場合には、複数句をゴシック体とした。また、
③同種の語句が一首に複数ある場合。

には、同歌を重出することはせず、やはり一首中で複数句をゴシック体とした。具体的には以下のごとくである。

①【該当語が複数句にまたがる場合】

黒髪(くろかみ)に　白髪(しろかみ)交(ま)じり〔黒髪二　白髪交〕　老ゆるまで　かかる恋には　いまだあはなくに
（④五六三・大伴坂上郎女）

恋(こひ)にもそ　人(ひと)は死(し)にする〔戀尓毛曽　人者死為〕　水無瀬川　下ゆ我痩す　月に日に異に
（④五九八・笠女郎）

倭文たまき　**数(かず)にもあらぬ　命(いのち)もて**〔数二毛不レ有　壽持〕　なにかここだく　我が恋ひ渡る
（④六七二・阿倍虫麻呂）

②【前後の語句が該当句の表現と密接にかかわる場合】

古(ふ)りにし　嫗(おみな)にしてや〔古之　嫗尓為而也〕　かくばかり　恋に沈まむ　手童のごと　一に云ふ「恋をだに忍びかねてむ手童のごと」（②一二九・石川女郎）

ま草刈る　荒野にはあれど　**もみち葉の　過ぎにし君が**〔葉　過去君之〕　形見とぞ来し
（①四七・柿本人麻呂）

月草(つきくさ)の　仮(かり)なる命(いのち)に〔月草之　借有命〕　ある人を　いかに知りてか　後も逢はむと言ふ　（⑪二七五六）

③【同種の語句が一首に複数ある場合】

うち鼻(はな)ひ　鼻(はな)をそひつる〔嚔　鼻乎曽嚔鶴〕　剣大刀　身に添ふ妹し　思ひけらしも　（⑪二六三七）

いさなとり　**海(うみ)や死(し)にする　山(やま)や死(し)にする　死(し)ぬれこそ**〔海哉死為流　山哉死為流　死許曽〕　海は潮干て　山は枯れすれ　（⑯三八五二）

百小竹の　三野王　西の厩　**立(た)てて飼(か)ふ駒(こま)**〔立而飼駒〕　東の厩　**立(た)てて飼(か)ふ駒(こま)**〔立而飼駒〕　草こそば　取

Ⅰ　和歌編

りて飼へ　水こそば　汲みて飼へ　なにか然　**草毛の馬の**〔大分青馬之〕　いなき立てつる　（⑬三三二七）

三　採録基準

　老・病・死にかかわる用語集成を目的とするところから、ある単語を立項しても、必ずしも集中の全用例の摘出はしていない。たとえば51頁「斎く」は集中五例あるが（③四二〇・⑱四一一〇・⑲四二二〇・⑲四二四一・⑲四二四三）、採用したのは巻三・四二〇番歌のみで、他の例、たとえば、

　春日野に　**斎く**三諸の　梅の花　栄えてあり待て　帰り来るまで　（⑲四二四一・藤原清河）

のように、老・病・死にかかわる表現と認められないものは採用しなかった。また、

　道の後　深津島山　しましくも　君が目見ねば　**苦しかりけり**　（⑪二四二三）

　音のみを　聞きてや恋ひむ　まそ鏡　直目に逢ひて　**恋ひまくもいたく**　（⑪二八一〇）

のように、恋にかかわる苦しみや痛みを詠む歌は、病気ではないと判断して採用しなかった。ただし「恋ひ死」については「死」を含む直截な表現であるため、敢えて用例に加えた。

　また、直接的には老・病・死にかかわらないと判断される語であっても、ある程度関係が深いと判断したものに

凡例（和歌編）

ついては、考察の上で参考になるかと考えて、できるだけ多くを採録するようにつとめた。具体的には「荒る」「形見」「偲ふ」などである。

第三部「死」の「忌避」については、分類の都合上、やや広義に採っている。「潜く」「沈む」などがそれで、これらの語は必ずしも忌避表現とはみなせないが、間接的に死を意味すると考えられる語についてはこの項目に採録した。

四　分類方法

和歌編は全体を「老」「病」「死」の三部に分割した上で、それぞれを「若返り」「症状」「死」などのように意味による分類を施して章立てし、その上で見出し語を五十音順（歴史的仮名遣い）に並べた。

項目の中には「命死ぬ」（「命」と「死ぬ」）、「消死ぬ」（「消」と「死ぬ」）のように、複数の語にまたがるものもある。その場合はどちらか一方に立項して、もう一方には見出し語の次行に他項目参照という注を付した。

また、複合動詞およびそれに類する語については、分割すると意味を失う語が多いことなどを考慮して、厳密に語単位で区切ることはせず、そのまま見出し語として立てた場合も多い。

逆に一語が単独で用語として機能すると判断した場合には、そのまま見出し語とした。たとえば「斎きいます」ならば「斎く」に、「過ぎ行く」であれば「過ぐ」に採用したごとくである。ただし、「伏して死ぬ」「散り過ぐ」などのように弁別の難しい語については両項目に採用した。

また、類似語についてはひとつの項目にまとめた場合もある。たとえば「死に」（名詞）を同一項目に、「かくる」（四段動詞・下二段動詞）と「かくす」（サ変複合動詞）「死に」「こもる」を「隠す・

5

I　和歌編

五　見出し語

　見出し語として掲げる際、活用語は原則として終止形に直した。漢字の表記については一般に通用しているものを選んだ。

　また、意味がつながると判断した場合には、必ずしも厳密な文法によらず、大意によって見出し語を立てた場合もある。たとえば、「**留（と）めえぬ**　命しあれば」（③四六一・大伴坂上郎女）、「います我妹を　**留（と）めかね**」（③四七一・大伴家持）などを、「留む」に否定語を付したものとみて「留めず」とまとめて見出しとしたり「留めかね」とまとめたごとくである。

　基本的に見出し語は集中の単語を生かすように心がけたが、分類の都合上、私に項目を設定した場合もある。「待てど来まさず」を「待てど来ず」と短縮して見出しとしたり「朝露の命」「数にもあらぬ命」「仮なる命」「たゆたふ命」などを「はかなき命」とまとめ、「霧」「雲」「露」を「天象表現」としたりするなどして、それぞれ一項目にまとめたごとくである。

　第三部「死」については、「命」「隠す・隠る（かくる・こもる）」「消・消やすし」「幸く」「死ぬ」の五項目は、用例数が多く、一定の表現形式が認められることが少なくないことを考慮して、それぞれ下位項目の見出し語を設けた。「消・消やすし」を「霧の消」「霜の消」「露の消」の三項目についてはそれぞれに具体的な物品、地名の名前を個別に掲げた。また、「形見」「葬地（死地）・墓」「殯宮」などと分類したことなどがそれに当たる。

　この下位項目・具体名については、他項目との弁別をかんがみて、太字としないで見出し語を立てた。

凡例（和歌編）

六 その他

検索の便を考えて、用語索引、歌人・歌集別索引、歌番号索引を別に設けた。これらの細目については、それぞれの索引を参照されたい。

なお、122頁「鳥となる」項の初句「鳥となり〔鳥翔成〕」（②一四五）は、テキストは「翼なす」であるが、大久保廣行「憶良歌の形成」（『筑紫文学圏論 山上憶良』一九九七・笠間書院、初出一九七五）によって改訓した。

Ⅰ　和歌編

和歌編　目次

第一部　老

若返り ……… 16
　出で反る ……… 16
　変若・変若つ ……… 16
　変若返る ……… 16
　変若水 ……… 17

老人 ……… 17
　老人（おいひと）……… 17
　翁（おきな）……… 19
　翁（おきな）さぶ ……… 20
　嫗（おみな）……… 20
　老（お）よし男（を）……… 20
　翁（をぢ）……… 21

白髪 ……… 21
　白髪（しらか）……… 21
　霜の置く・降（ふ）る ……… 22
　黒髪（くろかみ）変はる ……… 22
　白く・白し ……… 23
　白髪（しろかみ）……… 24
　白髭（しらひげ）……… 25

老化 ……… 24
　移（うつ）ろふ ……… 24
　老舌（おいした）……… 25
　老（お）い付（つ）く ……… 25

老（お）……… 25

8

和歌編　目次

第二部　病

病 ……

老並(おいなみ) ……25
老い果つ(おいはつ) ……26
衰ふ(おとろふ) ……26
面変る・面変る(おめがはる・おもがはる) ……26
老ゆ(おゆ) ……27
神ぶ(かむぶ) ……27
降つ(くたつ) ……27
皺・皺む(しわ・しわむ) ……27
過ぐし遣る(すぐしやる) ……27
縮ぬ(たがみぬ) ……28
留難ぬ(とどみかぬ) ……28
流る(ながる) ……28
古る(ふる) ……29
男盛り(をざかり) ……29

疾(つつみ) ……30
病(やまひ) ……30
病む(やむ) ……30

症状

傷(きた) ……31
息絶ゆ(いきたゆ) ……31
心消失す(こころけうす) ……31
咳ぶ(しはぶ) ……31
しふ ……32
鼻びしびし(はなびしびし) ……32
痩せ・痩す(やせ・やす) ……32

症状

I 和歌編

病臥
　足引く、言ふこと止む ……… 32
　かたちくづほる、良けくはなし ……… 33

病臥
　臥い伏す ……… 33
　嘆き伏す ……… 33

病臥
　臥やす ……… 34
　嘆き暮らす ……… 35

病苦
　息づき明かす ……… 35
　苦し ……… 36

病苦
　痛し ……… 36
　嘆き暮らす ……… 36

病苦
　憂へ吟ふ ……… 36

飢餓
　憂へ吟ふ ……… 37
　乞ひ泣く ……… 37

飢餓
　飢ゑ寒ゆ ……… 37
　のどよひ居り ……… 37

くしゃみ（俗信）
　鼻ふ ……… 37

薬
　薬 ……… 38
　薬狩 ……… 38

看病
　取り見る ……… 38

和歌編　目次

第三部　死 …… 40

死 …… 40

屍（かばね） …… 40

死に・死にす・死ぬ …… 47

絶ゆ（たゆ） …… 48

亡き人（なきひと） …… 48

昔の人・古の人（むかしのひと・いにしへのひと） …… 48

忌避

あり・います・居る（ゐ） …… 49

出づ（いづ） …… 50

斎く（いつく） …… 51

去ぬ（いぬ） …… 51

入る（いる） …… 53

廬（いほ） …… 53

言はず・告らず（いはず・のらず） …… 53

失す（うす） …… 54

移る（うつる） …… 54

置く（おく） …… 54

おほになる …… 55

帰り来ず（かへりこず） …… 59

貝（谷）に交じる（かひにまじる） …… 59

神といます（かみといます） …… 60

神上がる（神登る）（かむあがる・かみのぼる） …… 60

消・消やすし（けつ・けやすし） …… 61

沈む（しづむ） …… 64

知る・領く（しる・うしはく） …… 64

過ぐ（すぐ） …… 64

立つ（たつ） …… 67

潜く（かづく） …… 55

隠す・隠る・隠る（かくす・かくる・かくる） …… 55

Ⅰ　和歌編

散る……67	枕く……70
玉乱（たまみだ）る……67	待てど来ず……71
なづさふ……68	惑（まと）ふ……71
寝（ぬ）……68	宿（やど）る……71
離（はな）る・離（さか）る・放（さ）く……68	行（ゆ）く……72
臥（ふ）す・臥（こや）す……69	渡（わた）る……73

別離

逢（あ）はず……74	別れ・別（わか）る……75
心違（こころたが）ふ……75	目言絶（めことた）ゆ……75
飛ばす……77	波に袖振（そでふ）る……76
息（いき）の緒（を）……79	玉（たま）の緒（を）……84

命

命（いのち）……84	

葬儀

輿（こし）……84	灰（はひ）……86
白栲（しろたへ）の衣（ころも）……86	葬（はぶ）る……86
手火（たひ）……86	伏（ふ）す……86
玉・花（たま・はな）……86	撒（ま）く……87

12

和歌編　目次

哀悼
喪 ……………………………………………… 87
道来る人 ……………………………………… 87
殯宮 ………………………………………… 87
殯宮（個別地名） …………………………… 88
生けるすべなし・生けりともなし ………… 89
悲し ………………………………………… 90
偲ひ・偲ふ・偲ふ …………………………… 91
すべなし ……………………………………… 92
嘆き・嘆く …………………………………… 94
音泣く ………………………………………… 96

葬地（死地）・墓
秋山 …………………………………………… 97
荒き島根・荒床・荒波・荒山 ……………… 98
中・荒磯 ……………………………………… 98
岩城 …………………………………………… 99
巖・岩根 ……………………………………… 99
岩戸 …………………………………………… 99
浦ぶち ………………………………………… 99
沖つ藻 ………………………………………… 99
奥つ城 ………………………………………… 99
坂 …………………………………………… 100
塚 …………………………………………… 100
沼 …………………………………………… 100
墓 …………………………………………… 100
浜 …………………………………………… 101
他国 ………………………………………… 101
枕 …………………………………………… 101
道 …………………………………………… 101
宮・御門 …………………………………… 102
山 …………………………………………… 102
個別地名（葬地・墓） …………………… 103

13

Ⅰ　和歌編

他界
　沖つ国 …… 106
　神楽良の小野 …… 106
　常世 …… 106
形見
　形見（かたみ）…… 107
　よすか …… 108
無常
　跡なし …… 111
　反らず …… 112
　神に堪へず …… 112
　暮る …… 112
　背く …… 112
その他
　荒らし・荒らぶ・荒る …… 115
　いかさまに思ふ …… 116
　うらぶる …… 117
　逆言・狂言 …… 117

　罷り道 …… 107
　黄泉 …… 107
　道 …… 107

　形見（個別）…… 108

　天象表現 …… 113
　時にあらずして …… 114
　留めず …… 114
　身 …… 114
　水沫 …… 114

　来む世 …… 118
　幸く・幸く …… 118
　知らず …… 120
　知る …… 121

14

和歌編　目　次

障む・障る……121
丹塗りの屋形（にぬりのやかた）……121
鳥となる……122
つれもなし……122
なし……122

人魂（ひとだま）……122
布施（ふせ）……123
見ゆ・見る（み・み）……123
横しま風（よこしまかぜ）……124
忘る（わす）……124

第一部 老

若返り

出で反る

ひさかたの 天照る月は 神代にか **出で反るらむ**〔出反等六〕 年は経につつ （⑦一〇八〇）

変若・変若つ

我が盛り **またをちめやも**〔復将ㇾ變八方〕 ほとほとに 奈良の都を 見ずかなりなむ （③三三一・大伴旅人）

我妹子は 常世の国に 住みけらし 昔見しより **をちましにけり**〔變若益尓家利〕 （④六五〇・大伴三依）

我が盛り いたくくたちぬ 雲に飛ぶ 薬食むとも **またをちめやも**〔麻多遠知米也母〕 （⑤八四七）

雲に飛ぶ 薬食むよは 都見ば いやしき我が身 **またをちぬべし**〔麻多越知奴倍之〕 （⑤八四八）

天橋も 長くもがも 高山も 高くもがも 月夜見の 持てるをち水 い取り来て 君に奉りて **をちえてしかも**
〔越得之旱物〕 （⑬三二四五）

我がやどに 咲けるなでしこ 賂はせむ ゆめ花散るな **いやをちに咲け**〔伊也乎知尓左家〕 （⑳四四四六・丹比国人）

変若返る

石つなの **またをちかへり**〔又變若反〕 あをによし 奈良の都を またも見むかも （⑥一〇四六）

朝露の 消易き我が身 老いぬとも **またをちかへり**〔又若反〕 君をし待たむ （⑪二六八九）

第一部　老

変若水

露霜の　消易き我が身　老いぬとも　**またをち反り**【又若反】　君をし待たむ　(⑫三〇四三)

我が手本　まかむと思はむ　ますらをは　**をち水求め**【變水求】　白髪生ひにたり　(④六二七)

白髪生ふる　ことは思はず　**をち水は**【變水者】　かにもかくにも　求めて行かむ　(④六二八・佐伯赤麻呂)

古ゆ　人の言ひ来る　老人の　**をつといふ水そ**【變若云水曽】　名に負ふ瀧の瀬　(⑥一〇三四・大伴東人)

天橋も　長くもがも　高山も　高くもがも　月夜見の　**持てるをち水**【持有越水】　い取り来て　君に奉りて　をちえてしかも　(⑬三二四五)

老人

古ゆ　人の言ひ来る　**老人の**【老人之】　をつといふ水そ　名に負ふ瀧の瀬　(⑥一〇三四・大伴東人)

あづきなく　何の狂言　今更に　童言する　**老人にして**【老人二四手】　(⑪二五八二)

みどり子の　若子髪には　たらちし　児らが同年児には　髪梳の　平生髪には　木綿肩衣　純裏に縫ひ着　頸付の　童髪には　結ひ幡の　袖付け衣　着し我を　にほひよる　子らが同輩児には　蜷の腸　か黒し髪を　ま櫛もち　ここに掻き垂れ　取り束ね　上げても巻き　み解き乱り　童になしみ　さ丹つかふ　色なつかしき　紫の　大綾の衣　墨江の　遠里小野の　真榛もち　にほしし衣に　高麗錦　紐に縫ひ付け　刺部重部　なみ重ね着て　打麻やし　麻続の子ら　ありきぬの　宝の子らが　うつたへに　経て織る布　日曝しの　麻手作りを　信巾裳成者之寸丹取為支屋所経　稲寸娘子が　妻問ふと　我におこせし　彼方の　二綾裏沓　飛ぶ鳥の　明日香壮士が

17

長雨忌み　縫ひし黒沓　刺し履きて　庭にたたずめ　罷りな立ちと　禁め娘子が　ほの聞きて　我におこせし　水縹の　絹の帯を引き帯なす　韓帯に取らせ　海神の　殿の甍に　飛び翔る　すがるのごとき　腰細に　取り飾らひ　まそ鏡　取り並め掛けて　己が顔　反らひ見つつ　春さりて　野辺を巡れば　おもしろみ　我を思へか　さ野つ鳥　来鳴き翔らふ　秋さりて　山辺を行けば　なつかしと　我を思へか　天雲も　行きたなびく　反り立ち　道を来れば　うちひさす　宮女　さすたけの　舎人壮士も　忍ぶらひ　反らひ見つつ　誰が子そとや　思はえてある　如是所為故為　古　ささきし我や　はしきやし　今日やも児らに　いさにとや　思はえてある　如是所為故為　古の　賢しき人も　後の世の　鑑にせむと　**老人**(おいひと)**を**〔老人矣〕　送りし車　持ち帰りけり　持ち帰りけり

（⑯三七九一）

葦原の　水穂の国を　天下り　知らしめしける　天皇の　神の命の　御代重ね　天の日嗣と　知らし来る　君の御代御代　敷きませる　四方の国には　山川を　広み厚みと　奉る　御調宝は　数へ得ず　尽しもかねつ　然れども　我が大君の　諸人を　誘ひたまひ良き事を　始めたまひて　金かも　たしけくあらむと　思ほして　下悩ますに　鶏が鳴く　東の国の　陸奥の　小田なる山に　金ありと　申したまへれ　み心を　明らめたまひ　天地の　神相うづなひ　皇祖の　み霊助けて　遠き代に　かかりしことを　朕が御代に　顕はしてあれば　食す国は　栄えむものと　神ながら　思ほしめして　もののふの　八十伴の緒を　まつろへの　向けのまにまに　**老人**(おいひと)**も**〔老人毛〕　女童も　しが願ふ　心足らひに　撫でたまひ　治めたまへば　ここをしも　あやに貴み　嬉しけく　いよよ思ひて　大伴の　遠つ神祖の　その名をば　大来目主と　負ひ持ちて　仕へし官　海行かば　水浸く屍　山行かば　草生す屍　大君の　辺にこそ死なめ　かへり見は　せじと言立て　ますらをの　清きその名を　古よ　今の現に　流さへる　親の子どもそ　大伴と佐伯の氏は　人の祖の　立つる言立て　人の子は　親の名絶たず　大君に　まつろふものと　言ひ継げる　言の官そ　梓弓　手に取

り持ちて　剣大刀　腰に取り佩き　朝守り　夕の守りに　大君の　御門の守り　我をおきて　人はあらじと　いや立て　思ひし増さる　大君の　命の幸の　一に云ふ「を」　聞けば貴み　一に云ふ「貴くしあれば」　（⑱四〇九四・大伴家持）

翁（おきな）

はしきやし　**翁**（おきな）**の歌**（うた）**に**〔老夫之歌丹〕　おほほしき　九の児らや　感けて居らむ　（⑯三七九四）

大君の　遠の朝廷そ　み雪降る　越と名に負へる　天離る　鄙にしあれば　山高み　川とほしろし　野を広み　草こそ繁き　鮎走る　夏の盛りと　島つ鳥　鵜養が伴は　行く川の　清き瀬ごとに　篝さし　なづさひ上る　露霜の秋に至れば　野も多に　鳥集けりと　ますらをの　伴誘ひて　鷹はしも　あまたあれども　矢形尾の　我が大黒に大黒といふは蒼鷹の名なり　白塗りの　鈴取り付けて　朝狩に　五百つ鳥立て　夕狩に　千鳥踏み立て　追ふごとに許すことなく　手放れも　をちもかやすき　これをおきて　またはありがたし　さ馴へる　鷹はなけむと　心には思ひ誇りて　笑まひつつ　渡る間に　狂れたる　**醜**（しこ）**つ翁**（おきな）**の**〔之許都於吉奈乃〕　言だにも　我には告げず　との曇り　雨の降る日を　鳥狩すと　名のみを告りて　三島野を　そがひに見つつ　二上の　山飛び越えて　雲隠り翔り去にきと　帰り来て　しはぶれ告ぐれ　招くよしの　そこになければ　言ふすべの　たどきを知らに　心には火さへ燃えつつ　思ひ恋ひ　息づき余り　けだしくも　あふことありやと　あしひきの　をてもこのもに　鳥網張り　守部をすゑて　ちはやぶる　神の社に　照る鏡　倭文に取り添へ　乞ひ禱みて　我が待つ時に　娘子らが　夢に告ぐらく　汝が恋ふる　その秀つ鷹は　松田江の　浜行き暮らし　つなし取る　氷見の江過ぎて　多古の島　飛びたもとほり　葦鴨の　集く古江に　一昨日も　昨日もありつ　近くあらば　いま二日だみ　遠くあらば　七日のをちは　過ぎめやも　来なむ我が背子　ねもころに　な恋ひそよとよ　いまに告げつる

I　和歌編

草枕　**旅の翁と**〔多比乃於伎奈等〕　思ほして　針そ賜へる　縫はむものもが

翁さふ

針袋　これは賜りぬ　すり袋　今は得てしか　**翁さびせむ**〔於吉奈佐備勢牟〕

（⑰四〇一一・大伴家持）

（⑱四一二八・大伴池主）

嫗
おみな

古りにし　**嫗にしてや**〔古之　嫗尓為而也〕　かくばかり　恋に沈まむ　手童のごと　一に云ふ「恋をだに忍びかねてむ手童のごと」

（⑱四一三三・大伴池主）

老よし男
お　　　を

世間の　すべなきものは　年月は　流るるごとし　とり続き　追ひ来るものは　百種に　せめ寄り来　娘子らが　娘子さびすと　韓玉を　手本に巻かし　或はこの句あり、云はく「白たへの　袖振りかはし　紅の　赤裳裾引き」　よち子らと　手携はりて　遊びけむ　時の盛りを　留みかね　過ぐし遣りつれ　蜷の腸　か黒き髪に　何時の間か　霜の降りけむ　紅の　一に云ふ「丹のほなす」　面の上に　いづくゆか　皺が来りし　一に云ふ「常なりし　笑まひ眉引き　咲く花の　うつろひにけり　世間は　かくのみならし」　ますらをの　男さびすと　剣大刀　腰に取り佩き　さつ弓を　手握り持ちて　赤駒に　倭文鞍うち置き　這ひ乗りて　遊びあるきし　世間や　常にありける　娘子らが　さ寝す板戸を　押し開き　い辿り寄りて　ま玉手の　玉手さし交へ　さ寝し夜の　いくだもあらねば　手束杖　腰にたがねて　か行けば　人に厭はえ　かく行けば　人に憎まえ　**老よし男は**〔意余斯遠波〕　かくのみならし　たまきはる　命惜しけど　せむすべもなし

（⑤八〇四・山上憶良）

第一部　老

翁(をち)

あしひきの　山田(やまだ)守(も)る翁(をぢ)〔山田守翁〕　置く蚊火の　下焦がれのみ　我が恋ひ居らく　⑪二六四九

松反り　しひにてあれかも　さ山田の　翁(をぢ)がその日に〔平治我其日尓〕　求めあはずけむ　⑰四〇一四・大伴家持

白髪
黒髪(くろかみ)変(か)はる

ぬばたまの　黒髪(くろかみ)変(か)はり　白(しら)けても〔黒髪變　白髪手裳〕　痛き恋には　あふ時ありけり　④五七三・沙弥満誓

天地の　遠き初めよ　世間は　常なきものと　語り継ぎ　流らへ来たり　天の原　振り放け見れば　照る月も　満ち

欠けしけり　あしひきの　山の木末も　春されば　花咲きにほひ　秋付けば　露霜負ひて　風交り　黄葉散りけり

うつせみも　かくのみならし　紅の　色もうつろひ　ぬばたまの　黒髪(くろかみ)変(か)はり〔黒髪變〕　朝の笑み　夕変はら

ひ　吹く風の　見えぬがごとく　行く水の　止まらぬごとく　常もなく　うつろふ見れば　にはたづみ　流るる涙

留めかねつも　⑲四一六〇・大伴家持

霜(しも)の置く・降(ふ)る

ありつつも　君をば待たむ　うちなびく　我(わ)が黒髪(くろかみ)に　霜(しも)の置くまでに〔吾黒髪尓　霜乃置萬代日〕　②八七・磐姫皇后

居明かして　君をば待たむ　ぬばたまの　我(わ)が黒髪(くろかみ)に　霜は降(ふ)るとも〔吾黒髪尓　霜者零騰文〕　②八九・古歌集

21

I　和歌編

……蜷の腸　か黒き髪に　何時の間か　霜の降りけむ〔迦具漏伎可美尓　伊都乃麻可　斯毛乃布利家武〕紅の　一に云ふ〔丹のほな
す〕……

（⑤八〇四・山上憶良）

白髪

白たへの　袖さし交へて　なびき寝し　我が黒髪の　ま白髪に〔吾黒髪乃　真白髪尓〕なりなむ極み　新代に　ともにあらむと　玉の緒の　絶えじい妹と　結びてし　ことは果たさず　思へりし　心は遂げず　白たへの　手本を別れ　にきびにし　家ゆも出でて　みどり子の　泣くをも置きて　朝霧の　おほになりつつ　山背の　相楽山の　山のまに　行き過ぎぬれば　言はむすべ　せむすべ知らに　我妹子と　さ寝しつま屋に　朝には　出で立ち偲ひ夕には　入り居嘆かひ　わきばさむ　子の泣くごとに　男じもの　負ひみ抱きみ　朝鳥の　音のみ泣きつつ　恋ふれども　験をなみと　言問はぬ　ものにはあれど　我妹子が　入りにし山を　よすかとぞ思ふ

（④四八一・高橋朝臣）

白髪生ふる〔白髪生流〕

我が手本　まかむと思はむ　ますらをは　をち水求め　白髪生ひにたり〔白髪生二有〕

（④六二七）

白く・白し

ぬばたまの　黒髪変はり　白けても〔黒髪變　白髪手裳〕痛き恋には　あふ時ありけり

（④六二八・佐伯赤麻呂）

幸ひの　いかなる人か　黒髪の　白くなるまで〔黒髪之　白成左右〕妹が声を聞く

（⑦一四一一）

春の日の　霞める時に　墨吉の　岸に出で居て　釣船の　とをらふ見れば　古の　事そ思ほゆる　水江の　浦島子

第一部　老

白髪(しろかみ)

鰹釣り　鯛釣り誇り　七日まで　家にも来ずて　海界を　過ぎて漕ぎ行くに　海神の　神の娘子に　たまさかに　い漕ぎ向かひ　相とぶらひ　言成りしかば　かき結び　常世に至り　海神の　神の宮の　内のへの　妙なる殿に　携はり　二人入り居て　老いもせず　死にもせずして　永き世に　ありけるものを　世間の　愚人の　我妹子に告りて語らく　しましくは　家に帰りて　父母に　事も語らひ　明日のごと　我は来なむと　言ひければ　妹が言へらく　常世辺に　また帰り来て　今のごと　逢はむとならば　このくしげ　開くなゆめと　そこらくに　堅めしことを　墨吉に　帰り来て　家見れど　家も見かねて　里見れど　里も見かねて　怪しみと　そこに思はく　家ゆ出でて　三年の間に　垣もなく　家失せめやと　この箱を　開きて見てば　もとのごと　家はあらむと　玉くしげ　少し開くに　白雲の　箱より出でて　常世辺に　たなびきぬれば　立ち走り　叫び袖振り　臥いまろび　足ずりしつつ　たちまちに　心消失せぬ　若かりし　肌もしわみぬ　**黒**かりし　髪も白けぬ　[黒有之　髪毛白斑奴]　ゆなゆなは　息さへ絶えて　後つひに　命死にける　水江の　浦島子が　家所見ゆ

（⑨一七四〇・高橋虫麻呂歌集）

黒髪(くろかみ)に　白髪(しろかみ)交じり　[黒髪二　白髪交]　老ゆるまで　かかる恋には　いまだあはなくに

（④五六三・大伴坂上郎女）

黒髪(くろかみ)の　白髪(しろかみ)までと　[黒髪　白髪左右跡]　結びてし　心一つを　今解かめやも

（⑪二六〇二）

白髪(しろかみ)し　[白髪為]　児らも生ひなば　かくのごと　若けむ児らに　罵らえかねめや

（⑯三七九三）

白髪(しろかみ)までに　[之路髪麻泥尓]　大君に　仕へ奉れば　貴くもあるか　降る雪の　白髪(しろかみ)までに

（⑰三九二二・橘諸兄）

I 和歌編

白髭(しらひげ)

大君の 任けのまにまに 島守に 我が立ち来れば ははそ葉の 母の命は み裳の裾 摘み上げ掻き撫で ちち の父の命は 栲づのの **白髭(しらひげ)の上ゆ**〔之良比氣乃宇倍由〕 涙垂り 嘆きのたばく 鹿子じもの ただ一人して 朝戸出の 悲しき我が子 あらたまの 年の緒長く 相見ずは 恋しくあるべし 今日だにも 言問ひせ むと 惜しみませ 若草の 妻も子どもも をちこちに 多に囲み居 春鳥の 声の吟ひ 白たへ の 袖泣き濡らし 携はり 別れかてにと 引き留め 慕ひしものを 大君の 命恐み 玉桙の 道に出で立ち 岡の崎 い回むるごとに 万度 かへり見しつつ 遙々に 別れし来れば 思ふそら 安くもあらず 恋ふるそら 苦しきものを うつせみの 世の人なれば たまきはる 命も知らず 海原の 恐き道を 島伝ひ い漕ぎ渡りて あり巡り 我が来るまでに 平けく 親はいまさね 障みなく 妻は待たせと 住吉の 我が皇神に 幣奉り 祈り申して 難波津に 船を浮けすゑ 八十梶貫き 水手整へて 朝開き 我は漕ぎ出ぬと 家に告げこそ

(⑳四四〇八・大伴家持)

老化

移(うつ)ろふ

……いづくゆか 皺が来りし 一に云ふ「常(つね)なりし 笑(ゑ)まひ眉(まよ)引き 咲(さ)く花の うつろひにけり 世間(よのなか)は かくのみならし」 ますらをの 男さび すと……

〔一云、都祢奈利之 恵麻比麻欲・伎 散久伴奈能 宇都呂比尓家里 余乃奈可伴 可久乃未奈良之〕

(⑤八〇四・山上憶良)

第一部 老

春草は **後(のち)はうつろふ**〔後波落易〕 巌なす 常磐にいませ 尊き我が君 (⑥九八八・市原王)

老(おい)

たまきはる うちの限りは 瞻浮州の人の寿一百二十年なることを謂ふ。平らけく 安くもあらむを 事もなく 喪なくもあらむを 世間の 憂けく辛けく いとのきて 痛き傷には 辛塩を 注くちふがごとく ますます重き馬荷に 表荷打つと いふことのごと **老いにてある**〔老尓弖阿留〕 我が身の上に 病をと 加へてあれば 昼はも 嘆かひ暮らし 夜はも 息づき明かし 年長く 病みし渡れば 月累ね 憂へ吟ひ ことことは 死なな と思へど 五月蠅なす 騒く子どもを 打棄てては 死には知らず 見つつあれば 心は燃えぬ かにかくに 思ひ煩ひ 音のみし泣かゆ (⑤八九七・山上憶良)

……携はり 二人入り居て **老もせず**〔耆不レ為〕 死にもせずして 永き世に ありけるものを……

(⑨一七四〇・高橋虫麻呂歌集)

老舌(おいした)

百歳に **老い舌出でて**〔老舌出而〕 よよむとも 我は厭はじ 恋は増すとも (④七六四・大伴家持)

老い付(おいづ)く

海神の 神の命の みくしげに 貯ひ置きて 斎くとふ 玉にまさりて 思へりし 我が子にはあれど うつせみの 世の理と ますらをの 引きのまにまに しなざかる 越路をさして 延ふつたの 別れにしより 沖つ波 撓む眉引き 大舟の ゆくらゆくらに 面影に もとな見えつつ かく恋ひば **老い付く我が身(おいづくあがみ)**〔意伊豆久安我未〕 けだし堪へむかも (⑲四二二〇・大伴坂上郎女)

老並(おいなみ)

Ⅰ 和歌編

老(お)いなみに〔老奈美尓〕

事もなく 生き来しものを 老(お)いなみに〔老奈美尓〕 かかる恋にも 我はあへるかも （④五五九・大伴百代）

老(お)い果つ

いとこ 汝背の君 居り居りて 物にい行くとは 韓国の 虎といふ神を 生け取りに 八つ取り持ち来 その皮を 畳に刺し 八重畳 平群の山に 四月と 五月との間に 薬狩 仕ふる時に あしひきの この片山に 二つ立つ 櫟が本に 梓弓 八つ手挾み ひめ鏑 八つ手挾み 鹿待つと 我が居る時に さ雄鹿の 来立ち嘆かく たちまちに 我は死ぬべし 大君に 我は仕へむ 我が角は み笠のはやし 我が耳は み墨坩 我が目らは ますみの鏡 我が爪は み弓の弓弭 我が毛らは み筆はやし 我が皮は み箱の皮に 我が肉は み膾はやし 我が肝も み膾はやし 我がみげは み塩のはやし 老(お)いはてぬ〔耆矣奴〕 我が身一つに 七重花咲く 八重花咲くと 白しはやさね 白しはやさね （⑯三八八五・乞食人）

衰(おとろ)ふ

我が命し 衰(おとろ)へぬれば〔衰去者〕 白たへの 袖のなれにし 君をしそ思ふ （⑫二九五二）

面変(おめがは)る・面変(もがは)る

荒津の海 我幣奉り 斎ひてむ はや帰りませ 面変(おめがは)りせず〔面變不レ為〕 （⑫三二一七）

大君の 任きのまにまに 取り持ちて 仕ふる国の 年の内の 事かたね持ち 玉桙の 道に出で立ち 岩根踏み 山越え野行き 都辺に 参ゐし我が背を あらたまの 年行き反り 月重ね 見ぬ日さまねみ 恋ふるそら 安くしあらねば ほととぎす 来鳴く五月の あやめ草 蓬かづらき 酒みづき 遊び和ぐれど 射水川 雪消溢りて 行く水の いや増しにのみ 鶴が鳴く 奈呉江の菅の ねもころに 思ひむすぼれ 嘆きつつ 我が待つ君が 事終はり 帰り罷りて 夏の野の さ百合の花の 花笑みに にふぶに笑みて 逢はしたる 今日を始めて 鏡なす

第一部　老

老ゆ

かくし常見む　**面変_{おも}はりせず**〔於毛我波利世須〕

真木柱_{まきばしら}　ほめて造れる　殿のごと　いませ母刀自　**面変_{おめが}はりせず**〔於米加波利勢受〕　（⑳四三四二一・坂田部首麻呂）

（⑱四一一六・大伴家持）

黒髪に　白髪交じり　**老ゆるまで**〔至レ者〕　かかる恋には　いまだあはなくに　（④五六三・大伴坂上郎女）

かくしてや　なほや**老いなむ**〔尚哉将レ老〕　み雪降る　大荒木野の　篠にあらなくに　（⑦一三四九）

朝露の　消易き我が身　**老いぬとも**〔雖レ老〕　またをちかへり　君をし待たむ　（⑪二六八九）

悔しくも　**老いにけるかも**〔老尓来鴨〕　我が背子が　求むる乳母に　行かましものを　（⑫二九二六）

露霜の　消易き我が身　**老いぬとも**〔雖レ老〕　またをち反り　君をし待たむ　（⑫三〇四三）

天なるや　月日のごとく　我が思へる　君が日に異に　**老ゆらく惜しも**〔老落惜文〕　（⑬三二四六）

沼名川の　底なる玉　求めて　得し玉かも　拾ひて　得し玉かも　あたらしき　君が　**老ゆらく惜しも**〔老落惜毛〕　（⑬三二四七）

神_{かむ}ぶ

石上_{いそのかみ}　布留の神杉　**神_{かむ}びにし**〔神備西〕　我やさらさら　恋にあひにける　（⑩一九二七）

降_くつ

我が盛り　**いたくくたちぬ**〔和我佐可理　伊多久久多知奴〕　雲に飛ぶ　薬食むとも　またをちめやも　（⑤八四七）

皺_{しわ}・皺_{しわ}む

……何時の間か　霜の降りけむ　**紅_{くれなゐ}の　一に云ふ「丹_にのほなす」　面_{おもて}の上_{うへ}に　いづくゆか　皺_{しわ}が来りし**〔久礼奈為能　一云「尓能保奈須」　意母提乃宇倍尓　伊豆久由可　斯和何伎多利斯〕……　（⑤八〇四・山上憶良）

I 和歌編

……たちまちに　心消失せぬ　若（わか）かりし　肌（はだ）もしわみぬ　[若有之　皮毛繊奴]　黒かりし　髪も白けぬ……

（⑨一七四〇・高橋虫麻呂歌集）

過（す）ぐし遣（や）る

……よち子らと　手携はりて　遊（あそ）びけむ　時（とき）の盛（さか）りを　留（とど）みかね　過（す）ぐし遣（や）りつれ　[阿蘇比家武　等伎能佐迦利　平等之尾迦祢　周具斯野利都礼]　蜷の腸　か黒き髪に　出でて来し　ますら我すら　世間の　常しなければ　うちなびき　床に臥い伏し　痛けくの　日に異に増せば　悲しけく　ここに思ひ出　いらなけく　そこに思ひ出　嘆くそら　安けなくに　思ふそら　苦しきものを　あしひきの　山きへなりて　玉桙の　道の遠けば　間使ひも　遣るよしもなみ　思ほしき　言も通はず　たまきはる　命惜しけど　せむすべの　たどきを知らに　隠り居て　思ひ嘆かひ　慰むる　心はなしに　春花の　咲ける盛りに　思ふどち　手折りかざさず　春の野の　繁み飛び漏く　うぐひすの　声だに聞かず　娘子らが　春菜摘ますと　紅の　赤裳の裾の　春雨に　にほひひづちて　通ふらむ　時の盛りを　いたづらに　過（す）ぐし遣（や）りつれ……

（⑤八〇四・山上憶良）

縮（た）ぬ

……さ寝し夜の　いくだもあらねば　手束杖（たつかづゑ）　腰にたがねて　[多都可豆恵　許志尓多何祢提]　か行けば　人に厭はえ　かく行けば　人に憎まえ　およし男は　かくのみならし　たまきはる　命惜しけど　せむすべもなし……

留（とど）み難（かね）

……よち子らと　手携はりて　遊（あそ）びけむ　時（とき）の盛（さか）りを　留（とど）みかね　過（す）ぐし遣（や）りつれ　[阿蘇比家武　等伎能佐迦利]

28

第一部　老

常磐なす　かくしもがもと　思へども　世の理なれば　留みかねつも〔余能許等奈礼婆　等登尾可祢都母〕

（⑤八〇五・山上憶良）

平等ミ尾迦祢　周具斯野利都礼〕　蜷の腸　か黒き髪に……

（⑤八〇四・山上憶良）

流る

世間の　すべなきものは　年月は　流るるごとし〔年月波　奈何流ミ其等斯〕　とり続き　追ひ来るものは……

（⑤八〇四・山上憶良）

古る

冬過ぎて　春の来れば　年月は　新なれども　人は古りゆく〔人者舊去〕

（⑩一八八四）

物皆は　改まる良し　ただしくも　人は古りゆく〔人者舊之〕　宜しかるべし

（⑩一八八五）

朝づく日　向かふ黄楊櫛　古りぬれど〔雖ㇾ奮〕　なにしか君が　見れど飽かざらむ

（⑪二五〇〇）

現にも　夢にも我は　思はずき　古りたる君に〔振有公尓〕　ここに逢はむとは

（⑪二六〇一）

男盛り

梯立の　倉椅川の　石のはしはも　男盛りに〔壮子時〕　我が渡してし　石のはしはも

（⑦一二八三・柿本人麻呂歌集）

第二部　病

病

疾〈つつみ〉

沖つ波　寄する荒磯の　なのりそは　心の中に　**疾となれり**〔疾跡成有〕　（⑦一二九五）

病〈やまひ〉

……老いにてある　我が身の上に　**病をと**〔病遠等〕　加へてあれば　昼はも　嘆かひ暮らし……（⑤八九七・山上憶良）

病あらせず〔身疾不ゝ有〕

神船舶に　うしはきたまひ　着きたまはむ　島の崎々　寄りたまはむ　磯の崎々　荒き波　風にあはせず　つつ

大君の　命恐み　さし並ぶ　国に出でます　はしきやし　我が背の君を　かけまくも　ゆゆし恐し　住吉の　現人

布多富我美　悪しけ人なり

みなく　**病あらせず**〔身疾不ゝ有〕　速けく　帰したまはね　本の国辺に　（⑥一〇二〇・一〇二一・石上乙麻呂

あたゆまひ〔阿多由麻比〕

我がする時に　防人に差す　（⑳四三八二・大伴部広成）

病む〈やむ〉

古人の　飲へしめたる　吉備の酒　**病まばすべなし**〔病者為便無〕　貫簀賜らむ　（④五五四・丹生女王）

……夜はも　息づき明かし　年長く　**病みし渡れば**〔夜美志渡礼婆〕　月累ね　憂へ吟ひ……（⑤八九七・山上憶良）

症状

息絶ゆ

……黒かりし　髪も白けぬ　ゆなゆなは　**息さへ絶えて**〔氣左倍絶而〕　後つひに　命死にける……

（⑨一七四〇・高橋虫麻呂歌集）

傷

……世間の　憂けく辛けく　いとのきて　**痛き傷には**〔痛伎瘡尓波〕　辛塩を　注くちふがごとく……

（⑤八九七・山上憶良）

心消失す

……臥いまろび　足ずりしつつ　たちまちに　**心消失せぬ**〔情消失奴〕　若かりし　肌もしわみぬ……

（⑨一七四〇・高橋虫麻呂歌集）

雪こそは　春日消ゆらめ　**心さへ　消え失せたれや**〔心佐閇　消失多列夜〕　言も通はぬ

（⑨一七八二・柿本人麻呂歌中）

咳ぶ

風交じり　雨降る夜の　雨交じり　雪降る夜は　すべもなく　寒くしあれば　堅塩を　取りつづしろひ　糟湯酒うちすすろひて　**しはぶかひ**〔之叵夫可比〕　鼻びしびしに　然とあらぬ　ひげ掻き撫でて　我を除きて　人はあらじと　誇ろへど　寒くしあれば　麻衾　引き被り　布肩衣　ありのことごと　着襲へども　寒き夜すらを　我よりも　貧しき人の　父母は　飢ゑ寒ゆらむ　妻子どもは　乞ひて泣くらむ　この時は　いかにしつつか　汝が世は渡る　天地は　広しといへど　我がためは　狭くやなりぬる　日月は　明しといへど　我がためは　照りや給はぬ人皆か　我のみや然る　わくらばに　人とはあるを　人並に　我もなれるを　綿もなき　布肩衣の　海松のごと

Ⅰ 和歌編

病状

足引く(あしひく)

わわけさがれる　かかふのみ　肩にうち掛け　伏廬の　曲廬の内に　直土に　藁解き敷きて　父母は　枕の方に　妻子どもは　足の方に　囲み居て　憂へ吟ひ　かまどには　火気吹き立てず　甑には　蜘蛛の巣かきて　飯炊く　ことも忘れて　ぬえ鳥の　のどよひ居るに　いとのきて　短き物を　端切ると　言へるがごとく　しもと取る　長が声は　寝屋処まで　来立ち呼ばひぬ　かくばかり　すべなきものか　世間の道
……雲隠り　翔り去にきと　帰り来て　**しはぶれ告(つ)ぐれ**〔之波夫礼都具礼〕　招くよしの　そこになければ……
（⑤八九二・山上憶良）
（⑰四〇一一・大伴家持）

しふ

しひてあれやは〔四臂而有八羽〕

松反り　**しひてあれやは**　三栗の　中上り来ぬ　麻呂といふ奴
（⑨一七八三・柿本人麻呂歌中）

鼻(はな)びしびし

……糟湯酒　うちすすろひて　しはぶかひ　**鼻(はな)びしびしに**〔鼻毗之毗之尓〕　然とあらぬ　ひげ掻き撫でて
（⑤八九二・山上憶良）

痩(や)せ・痩(や)す

痩す痩すも〔痩々母〕　生けらばあらむを　はたやはた　鰻を取ると　川に流るな
石麻呂に　我物申す　**夏痩(なつや)せに**〔夏痩尓〕　良しといふものそ　鰻取り喫(め)せ　売世の反なり
（⑯三八五四・大伴家持）
（⑯三八五三・大伴家持）

32

第二部　病

我が聞きし　耳によく似る　葦のうれの　**足ひく我が背**〔足痛吾勢〕　つとめたぶべし　(②一二八・石川女郎)

言ふこと止む

世の人の　尊び願ふ　七種の　宝も我は　何せむに　我が中の　生まれ出でたる　白玉の　我が子古日は　明星の　明くる朝は　しきたへの　床の辺去らず　立てれども　居れども　ともに戯れ　夕星の　夕になれば　いざ寝よと　手を携はり　父母も　うへはなさかり　さきくさの　中にを寝むと　うつくしく　しが語らへば　いつしかも　人となり出でて　悪しけくも　良けくも見むと　大舟の　思ひ頼むに　思はぬに　横しま風の　にふふかに　覆ひ　来ぬれば　せむすべの　たどきを知らに　白たへの　たすきを掛け　まそ鏡　手に取り持ちて　天つ神　仰ぎ乞ひ　禱み　国つ神　伏してぬかつき　かからずも　かかりも　神のまにまに　立ちあざり　我乞ひ禱めど　しましく　も良けくはなしに　やくやくに　**かたちくづほり**　朝な朝な　**言ふこと止み**〔伊布許登夜美〕　たまきはる　命絶　えぬれ　立ち躍り　足すり叫び　伏し仰ぎ　胸打ち嘆き　手に持てる　我が子飛ばしつ　世間の道　(⑤九〇四・山上憶良)

かたちくづほる

……しましくも　良けくはなしに　やくやくに　**かたちくづほり**〔可多知久都保里〕　朝な朝な　言ふこと止み……　(⑤九〇四・山上憶良)

良けくはなし

……立ちあざり　我乞ひ禱めど　しましくも　**良けくはなしに**〔余家久波奈之尓〕　やくやくに　かたちくづほり……　(⑤九〇四・山上憶良)

I　和歌編

病臥

臥(こ)い伏(ふ)す

うちひさす　宮へ上ると　たらちしや　母が手離れ　常知らぬ　国の奥かを　百重山　越えて過ぎ行き　いつしか　都を見むと　思ひつつ　語らひ居れど　己が身し　労はしければ　玉桙の　道の隈回に　草手折り　柴取り敷きて　床じもの　**うち臥(こ)い伏(ふ)して**〔宇知許伊布志提〕　思ひつつ　嘆き伏せらく　国にあらば　父取り見まし　家にあらば　母取り見まし　世間は　かくのみならし　犬じもの　道に伏してや　命過ぎなむ　一に云ふ「我が世過ぎなむ」　（⑤八八六・山上憶良）

大君の　任けのまにまに　ますらをの　心振り起し　あしひきの　山坂越えて　天離る　鄙に下り来　息だにも　いまだ休めず　年月も　幾らもあらぬに　うつせみの　世の人なれば　**うちなびき　床(とこ)に臥(こ)い伏(ふ)し**〔宇知奈妣伎　登許尓己伊布志之〕　痛けくの　日に異に増さる　たらちねの　母の命の　大舟の　ゆくらゆくらに　下恋に　いつかも来むと　待たすらむ　心さぶしく　はしきよし　妻の命も　明け来れば　門に寄り立ち　衣手を　折り返しつつ　夕されば　床打ち払ひ　ぬばたまの　黒髪敷きて　いつしかと　嘆かすらむそ　妹も兄も　若き子どもは　をちこちに　騒き泣くらむ　玉桙の　道をた遠み　間使ひも　遣るよしもなし　思ほしき　言伝て遣らず　恋ふるにし　心は燃えぬ　たまきはる　命惜しけど　せむすべの　たどきを知らに　かくしてや　荒し男すらに　嘆き伏せらむ　（⑰三九六二・大伴家持）

……世間の　常しなければ　**うちなびき　床(とこ)に臥(こ)い伏(ふ)し**〔宇知奈妣伎　登許尓己伊布志〕　痛けくの　日に異に増せば……　（⑰三九六九・大伴家持）

第二部　病

天地の　初めの時ゆ　うつそみの　八十伴の緒は　大君に　まつろふものと　定まれる　官にしあれば　大君の　命恐み　鄙ざかる　国を治むと　あしひきの　山川隔り　風雲に　言は通へど　直に逢はず　日の重なれば　思ひ恋ひ　息づき居るに　玉桙の　道来る人の　伝言に　我に語らく　はしきよし　君はこのころ　うらさびて　嘆かひいます　世間の　憂けく辛けく　咲く花も　時にうつろふ　うつせみも　常なくありけり　たらちねのみ母の命なにしかも　時しはあらむを　まそ鏡　見れども飽かず　玉の緒の　惜しき盛りに　立つ霧の　失せぬるごとく　置く露の　消ぬるがごとく　玉藻なす　**なびき臥い伏し**〔靡許伊臥〕　行く水の　留めかねつと　狂言か　人の言ひつる　逆言か　人の告げつる　梓弓　爪弾く夜音の　遠音にも　聞けば悲しみ　にはたづみ　流るる涙　留めかねつも　（⑲四二一四・大伴家持）

臥やす

大君の　遠の朝廷と　しらぬひ　筑紫の国に　泣く子なす　慕ひ来まして　息だにも　いまだ休めず　年月もまだあらねば　心ゆも　思はぬ間に　**うちなびき　臥やしぬれ**〔宇知那・枳　許夜斯努礼〕　言はむすべ　せむすべ知らに　石木をも　問ひ放け知らず　家ならば　かたちはあらむを　恨めしき　妹の命の　我をばも　いかにせよとか　にほ鳥の　二人並び居　語らひし　心背きて　家離りいます　（⑤七九四・山上憶良）

嘆き伏す

……床じもの　うち臥い伏して　思ひつつ　**嘆き伏せらく**〔奈宜伎布勢良久〕　国にあらば　父取り見まし……（⑤八八六・山上憶良）

……せむすべの　たどきを知らに　かくしてや　荒し男すらに　**嘆き伏せらむ**〔奈氣枳布勢良武〕

（⑰三九六二・大伴家持）

35

Ⅰ　和歌編

病苦

息づき明かす

……昼はも　嘆かひ暮らし　夜はも　**息づき明かし**〔息豆伎阿可志〕　年長く　病みし渡れば……

（⑤八九七・山上憶良）

痛し

……うちなびき　床に臥い伏し　**痛けくし**〔伊多家苦之〕　日に異に増さる　たらちねの　母の命の……

（⑰三九六二・大伴家持）

……うちなびき　床に臥い伏し　**痛けくの**〔伊多家苦乃〕　日に異に増せば　悲しけく　ここに思ひ出……

（⑰三九六九・大伴家持）

憂へ吟ふ

……年長く　病みし渡れば　月累ね　**憂へ吟ひ**〔憂吟比〕　ことことは　死ななと思へど……

（⑤八九七・山上憶良）

苦し

すべもなく　**苦しくあれば**〔苦志久阿礼婆〕　出で走り　去ななと思へど　此らに障りぬ

（⑤八九九・山上憶良）

嘆き暮らす

……病をと　加へてあれば　昼はも　**嘆かひ暮らし**〔歎加比久良志〕　夜はも　息づき明かし……

（⑤八九七・山上憶良）

36

第二部　病

飢餓

憂へ吟ふ

……妻子どもは　足の方に　囲み居て　憂へ吟ひ〔憂吟〕　かまどには　火気吹き立てず……
（⑤八九二・山上憶良）

飢ゑ寒ゆ

……我よりも　貧しき人の　父母は　飢ゑ寒ゆらむ〔飢寒良牟〕　妻子どもは　飢ゑ寒ゆらむ……
（⑤八九二・山上憶良）

乞ひ泣く

……父母は　飢ゑ寒ゆらむ　妻子どもは　乞ひて泣くらむ〔乞弖泣良牟〕　この時は　いかにしつつか
（⑤八九二・山上憶良）

のどよひ居り

……飯炊く　ことも忘れて　ぬえ鳥の　のどよひ居るに〔能杼与比居尓〕　いとのきて　短き物を……
（⑤八九二・山上憶良）

くしゃみ（俗信）

鼻ふ

眉根掻き　鼻ひ紐解け〔鼻鳴紐解〕　待つらむか　いつかも見むと　思へる我を
（⑪二四〇八・柿本人麻呂歌集）

うち鼻ひ

うち鼻ひ　鼻をそひつる〔哂　鼻平曽嚏鶴〕　剣大刀　身に添ふ妹し　思ひけらしも
（⑪二六三七）

Ⅰ　和歌編

眉根掻き　**鼻(はな)ひ紐(ひも)解け**〔鼻火紐解〕　待てりやも　いつかも見むと　恋ひ来し我を　（⑪二八〇八）

今日なれば　**鼻の鼻(はな)ひし**〔鼻之鼻火之〕　眉かゆみ　思ひしことは　君にしありけり　（⑪二八〇九）

薬(くすり)

薬狩(くすりがり)

雲に飛ぶ　**薬(くすり)食(は)むよは**〔久須利波牟用波〕　都見ば　いやしき我が身　またをちぬべし　（⑤八四八）

我が盛り　いたくくたちぬ　雲に飛ぶ　**薬(くすり)食(は)むとも**〔久須利波武等母〕　またをちめやも　（⑤八四七）

…… 四月と　五月との間に　**薬狩(くすりがり)**〔藥獦〕　仕ふる時に　あしひきの　この片山に……　（⑯三八八五・乞食人）

看病

取(と)り見(み)る

……思ひつつ　嘆き伏せらく　世間は　かくのみならし　**父取(ちちと)り見(み)まし**〔父刀利美麻之〕　家にあらば　慰むる　心はあらまし　死なば死ぬとも　一に云ふ「後は死ぬとも」　**母取(ははと)り見(み)まし**〔母刀

利美麻志〕　家にありて　**母(はは)が取(と)り見(み)ば**〔波ゝ何刀利美婆〕　（⑤八八九・山上憶良）

　　　　　　　　（⑤八八六・山上憶良）

38

第二部　病

第三部 死

死

屍(かばね)

……海行かば **水漬く屍**【美都久屍】 山行かば **草生す屍**【草牟須屍】 大君の 辺にこそ死なめ……

(⑱四〇九四・大伴家持)

死に(名詞)・死にす・死ぬ

かくばかり 恋ひつつあらずは 高山の 岩根しまきて **死なましものを**【死奈麻死物呼】

(②八六・磐姫皇后)

遂にも死ぬる【遂毛死】

生ける者 遂にも死ぬる ものにあれば この世なる間は 楽しくをあらな

(③三四九・大伴旅人)

死ぬといふことに【死云事尓】

たくづのの 新羅の国ゆ 人言を 良しと聞かして 問ひ放くる 親族兄弟 なき国に 渡り来まして 大君の 敷きます国に うちひさす 都しみみに 里家は さはにあれども いかさまに 思ひけめかも つれもなき 佐保の山辺に 泣く子なす 慕ひ来まして しきたへの 家をも造り あらたまの 年の緒長く 住まひつつ いまししものを 生ける者 **死ぬといふことに**【死云事尓】 免れぬ ものにしあれば 頼めりし 人のことごと 草枕 旅なる間に 佐保川を 朝川渡り 春日野を そがひに見つつ あしひきの 山辺をさして 夕闇と 隠りましぬれ 言はむすべ せむすべ知らに たもとほり ただひとりして 白たへの 衣手干さず 嘆きつつ 我が泣く涙 有間山 雲居たなびき 雨に降りきや

(③四六〇・大伴坂上郎女)

我が君は **わけをば死ねと** 思へかも 逢ふ夜逢はぬ夜 二走るらむ

(④五五二・大伴三依)

生きてあらば　見まくも知らず　なにしかも　**死なむよ妹と**〔将ㇾ死与妹常〕　夢に見えつる（④五八一・大伴大嬢）

天地の　神の理　なくはこそ　我が思ふ君に　**逢はず死にせめ**〔不ㇾ相死為目〕（④六〇五・笠女郎）

今は我は　**死なむよ我が背**〔将ㇾ死与吾背〕　生けりとも　我に寄るべしと　言ふといはなくに

（④六八四・大伴坂上郎女）

世間の　苦しきものに　ありけらし　恋にあへずて　**死ぬべき思へば**〔可ㇾ死念者〕（④七三八・大伴大嬢）

後瀬山　後も逢はむと　思へこそ　**死ぬべきものを**〔可ㇾ死物乎〕　今日まで生けれ（④七三九・大伴家持）

家にありて　母が取り見ば　慰むる　心はあらまし　**死なば死ぬとも**〔斯奈婆斯農等母〕　一に云ふ「**後は死ぬとも**」

〔能知波志奴等母〕（⑤八八九・山上憶良）

……ことことは　**死ななと思へど**〔斯奈〻等思騰〕　五月蝿なす　騒く子どもを　打棄てては　**死には知らず**

〔死波不ㇾ知〕……（⑤八九七・山上憶良）

……携はり　二人入り居て　老いもせず　**死にもせずして**〔死不ㇾ為而〕　永き世に　ありけるものを……

（⑨一七四〇・高橋虫麻呂歌集）

うるはしと　我が思ふ妹は　**はやも死なぬか**〔早裳死耶〕　生けりとも　我に寄るべしと　人の言はなくに

（⑪二三五五・柿本人麻呂歌集）

何せむに　命継ぎけむ　我妹子に　恋ひざる前に　**死なましものを**〔死物〕（⑪二三七七・柿本人麻呂歌集）

剣大刀　諸刃の利きに　足踏みて　**死なば死なむよ**〔死〻おm〕　君によりては（⑪二四九八・柿本人麻呂歌集）

剣大刀　諸刃の上に　行き触れて　**死にかもしなむ**〔所ㇾ殺鴨将ㇾ死〕　恋ひつつあらずは（⑪二六三六）

I 和歌編

玉かぎる　磐垣淵の　隠りには　**伏して死ぬとも**〔伏雖レ死〕　汝が名は告らじ　⑪(二七〇〇)

妹がため　命残せり　刈り薦の　思ひ乱れて　**死ぬべきものを**〔應レ死物乎〕　⑪(二七六四)

我妹子に　恋ひつつあらずは　刈り薦の　思ひ乱れて　**死ぬべきものを**〔可レ死鬼乎〕　⑪(二七六五)

玉の緒の　絶えたる恋の　乱れなば　**死なまくのみそ**〔死巻耳其〕　またも逢はずして　⑪(二七八九)

今は我は　**死なむよ我妹**〔将レ死与吾妹〕　逢はずして　思ひ渡れば　安けくもなし　⑪(二八六九)

ますらをの　聡き心も　今はなし　恋の奴に　**我は死ぬべし**〔吾者可レ死〕　⑫(二九〇七)

何時までに　生かむ命そ　おほかたは　恋ひつつあらずは　**死ぬるまされり**〔死上有〕　⑫(二九一三)

おのがじし　**人死にすらし**〔人死為良思〕　妹に恋ひ　日に異に痩せぬ　人に知らえず　⑫(二九二八)

今は我は　**死なむよ我が背**〔指南与我兄〕　恋すれば　一夜一日も　安けくもなし　⑫(二九三六)

なかなかに　**死なば安けむ**〔死者安六〕　出づる日の　入る別知らぬ　我し苦しも　⑫(二九四〇)

かくしてそ　**人の死ぬといふ**〔人之死云〕　藤波の　ただ一目のみ　見し人故に　⑫(三〇七五)

恋ふること　増される今は　玉の緒の　絶えて乱れて　**死ぬべく思ほゆ**〔可レ死所レ念〕　⑫(三〇八三)

すべもなき　片恋をすと　このころに　**我が死ぬべきは**〔吾可レ死者〕　夢に見えきや　⑫(三一一一)

よしゑやし　**死なむよ我妹**〔二こ火四吾妹〕　生けりとも　かくのみこそ我が　恋ひ渡りなめ　⑬(三二九八)

この月は　君来まさむと　大舟の　思ひ頼みて　いつしかと　我が待ち居れば　もみち葉の　過ぎて去にきと　玉梓の　使ひの言へば　蛍なす　ほのかに聞きて　大地を　炎と踏みて　立ちて居て　行くへも知らず　朝霧の　思ひ迷ひて　丈足らず　八尺の嘆き　嘆けども　験をなみと　いづくにか　君がまさむと　天雲の　行きのまにまに

射ゆ鹿の　**行きも死なむと**〔所レ射完乃　行文将レ死跡〕　思へども　道の知らねば　一人居て　君に恋ふるに
音のみし泣かゆ　（⑬三三四四）

天地の　神なきものに　あらばこそ　我が思ふ妹に　**逢はず死にせめ**〔安波受思仁世米〕（⑮三七四〇・中臣宅守）

帰り来る　人来れりと　言ひしかば　**ほとほと死にき**〔保等保登之尓吉〕　君かと思ひて
（⑮三七七二・狭野弟上娘子）

死なばこそ〔死者木苑〕　相見ずあらめ　生きてあらば　白髪児らに　生ひざらめやも　（⑯三七九二）

さにつらふ　君がみ言と　玉梓の　使ひも来ねば　思ひ病む　我が身一つそ　ちはやぶる　神にもな負ほせ　占部
するゑ　亀もな灼きそ　恋ひしくに　痛き我が身そ　いちしろく　身にしみ通り　むら肝の　心砕けて　死なむ命
にはかになりぬ　今更に　君が我を呼ぶ　たらちねの　母の命か　百足らず　八十の衢に　夕占にも　占にもそ問
ふ　**死ぬべき我が故**〔應レ死吾之故〕　（⑯三八一一）

いさなとり　**海や死にする**　**山や死にする**　**死ぬれこそ**〔海哉死為流　山哉死為流　死許曽〕　海は潮干て　山
は枯れすれ　（⑯三八五二）

……さ雄鹿の　来立ち嘆かく　たちまちに　**我は死ぬべし**〔吾可レ死〕　大君に　我は仕へむ……
（⑯三八八五・乞食者）

なかなかに　**死ばな安けむ**〔之奈婆夜須家牟〕　君が目を　見ず久ならば　すべなかるべし
（⑰三九三四・平群郎女）

うぐひすの　鳴くくら谷に　うちはめて　**焼けは死ぬとも**〔夜氣波之奴等母〕　君をし待たむ

（⑰三九四一・平群郎女）

世間は　数なきものか　春花の　散りのまがひに　**死**(し)**ぬべき思**(おも)**へば**〔思奴倍吉於母倍婆〕（⑰三九六三・大伴家持）

常人の　恋ふと言ふよりは　余りにて　**我**(われ)**は死**(し)**ぬべく**〔和礼波之奴倍久〕　なりにたらずや

（⑱四〇八〇・大伴坂上郎女）

……大君の　**辺**(へ)**にこそ死**(し)**なめ**〔敝尓許曽死米〕　かへり見は　せじと言立て　ますらをの　清きその名を……

（⑱四〇九四・大伴家持）

生死(いきしに)

人となる　ことは難きを　わくらばに　なれる我が身は　**死**(し)**にも生**(い)**きも**〔死毛生毛〕　君がまにまと　思ひつつ　ありし間に　うつせみの　世の人なれば　大君の　命恐み　天離る　夷治めにと　朝鳥の　朝立ちしつつ　群鳥の　群立ち去なば　留まり居て　我は恋ひむな　見ず久ならば　（⑨一七八五・笠金村歌集）

死(し)**にも生**(い)**きも**〔死藻生藻〕　同じ心と　結びてし　友や違はむ　我も寄りなむ　（⑯三七九七）

生死(いきしに)**の**〔生死之〕　二つの海を　厭はしみ　潮干の山を　偲ひつるかも　（⑯三八四九）

命(いのち)死(し)ぬ

君が家に　我が住坂の　家道をも　我は忘れじ　**命**(いのち)**死**(し)**なずは**〔命不㆑死者〕　（④五〇四・柿本人麻呂妻）

朝霧の　おほに相見し　人ゆゑに　**命**(いのち)**死**(し)**ぬべく**〔命可㆑死〕　恋ひ渡るかも　（④五九九・笠女郎）

……後つひに　**命**(いのち)**死**(し)**にける**〔壽死祁流〕　水江の　浦島子が　家所見ゆ　（⑨一七四〇・高橋虫麻呂歌集）

よそ目にも　君が姿を　見てばこそ　我が恋止まめ　**命**(いのち)**死**(し)**なずは**〔命不㆑死者〕　一に云ふ「命に向かふ　我が恋止まめ」　（⑫二八八三）

妹待つと　三笠の山の　山菅の　止まずや恋ひむ　**命死なずは**〔命不レ死者〕（⑫三〇六六）

……むら肝の　心砕けて　**死なむ命**〔将レ死命〕　にはかになりぬ　今更に　君が我を呼ぶ……（⑯三八一一）

思ひ死ぬ

思ひにし　死にするものに〔念西　死為物尓〕　あらませば　千度そ我は　死に反らまし（④六〇三・笠女郎）

言ふことの　恐き国そ　紅の　色にな出でそ　**思ひ死ぬとも**〔念死友〕（④六八三・大伴坂上郎女）

消死ぬ

秋萩の　上に置きたる　**白露の　消かも死なまし**〔白露乃　消可毛思奈萬思〕　恋ひつつあらずは（⑧一六〇八・弓削皇子）

秋萩の　上に置きたる　**白露の　消かも死なまし**〔白露之　消鴨死猨〕　恋ひつつあらずは（⑩二二五四）

秋の穂を　しのに押しなべ　**置く露の　消かも死なまし**〔置露　消鴨死益〕　恋ひつつあらずは（⑩二二五六）

秋萩の　枝もとををに　**置く露の　消かも死なまし**〔置露之　消毳死猨〕　恋ひつつあらずは（⑩二二五八）

恋死ぬ

旅にして　物恋之鳴毛　聞こえざりせば　**恋ひて死なまし**〔孤悲而死萬思〕（①六七・高安大島）

恋ひ死なむ〔孤悲死牟〕　後は何せむ　生ける日の　ためこそ妹を　見まく欲りすれ（④五六〇・大伴百代）

恋にもそ　人は死にする〔戀尓毛曽　人者死為〕　水無瀬川　下ゆ我痩す　月に日に異に（④五九八・笠女郎）

恋ひ死なむ〔戀死六〕　そこも同じそ　何せむに　人目人言　言痛み我せむ（④七四八・大伴家持）

夢にだに　見えばこそあれ　かくばかり　見えずしあるは　**恋ひて死ねとか**〔戀而死跡香〕（④七四九・大伴家持）

臥ひまろび　**恋ひは死ぬとも**〔戀者死友〕　いちしろく　色には出でじ　朝顔が花（⑩二二七四）

Ⅰ　和歌編

恋ひ死なば　恋ひも死ねとや〔戀死　戀死耶〕　玉桙の　道行き人の　言も告げなく
（⑪二三七〇・柿本人麻呂歌集）

恋するに　死にするものに〔戀為　死為者〕　あらませば　我が身は千度　死に反らまし
（⑪二三九〇・柿本人麻呂歌集）

恋ひ死なば　恋も死ねとや〔戀死　戀死哉〕　我妹子が　我家の門　過ぎて行くらむ
（⑪二四〇一・柿本人麻呂歌集）

恋ひ死なむ〔戀死〕　後は何せむ　生ける日にこそ　見まく欲りすれ
（⑪二五九二）

恋ひ死ぬべし〔戀尓可死〕　間なく見え君　夢にだに　ある人を　めぐくや君が　見えず来ぬらむ

いつはりも　似付きてそする　何時よりか　**見ぬ人恋ひに**　**人の死にせし**〔不見人戀等　人之死為〕
（⑪二五七二）

かくのみし　**恋ひば死ぬべみ**〔戀者可レ死〕　たらちねの　母にも告げつ　止まず通はせ
（⑪二五七〇）

人もなき　古りにし里に　ある人を　めぐくや君が　**恋に死なせむ**〔戀尓令レ死〕
（⑪二五六〇）

現には　逢ふよしもなし　夢にだに　間なく見え君　**恋に死ぬべし**〔戀尓可死〕
（⑪二五四四）

荒磯越し　ほか行く波の　ほか心　我は思はじ　**恋ひて死ぬとも**〔戀而死鞆〕
（⑪二四三四・柿本人麻呂歌集）

潮満てば　水沫に浮かぶ　砂にも　我はなりしか　**恋ひは死なずて**〔戀者不死而〕
（⑪二七三四）

高山の　岩本激ち　行く水の　音には立てじ　**恋ひて死ぬとも**〔戀而雖レ死〕
（⑪二七一八）

隠りには　**恋ひて死ぬとも**〔戀而死鞆〕　み苑生の　韓藍の花の　色に出でめやも
（⑪二七八四）

里人も　語り継ぐがね　よしゑやし　**恋ひても死なむ**〔戀而毛将レ死〕　誰が名ならめや
（⑫二八七三）

恋と言へば　薄きことなり　然れども　我は忘れじ　**恋は死ぬとも**〔戀者死十方〕
（⑫二九三九）

わたつみの　沖に生ひたる　なはのりの　名はさね告らじ　**恋ひは死ぬとも**〔戀者雖レ死〕
（⑫三〇八〇）

人目多み　直に逢はずて　けだしくも　**我が恋ひ死なば**〔吾戀死者〕　誰が名ならむも　（⑫三一〇五）

楊こそ　伐れば生えすれ　世の人の　**恋に死なむを**〔古非尓思奈武乎〕　いかにせよとそ　（⑭三四九一）

我妹子に　**我が恋ひ死なば**〔安我古非思奈婆〕　そわへかも　神に負ほせむ　心知らずて　（⑭三五六六）

武庫の浦の　入江の渚鳥　羽ぐくもる　君を離れて　**恋に死ぬべし**〔古非尓之奴倍之〕　（⑮三五七八）

我がやどの　松の葉見つつ　我待たむ　はや帰りませ　**恋ひ死なぬとに**〔古非之奈奴刀尓〕　（⑮三七四七・狭野弟上娘子）

他国は　住み悪しとそいふ　速けく　はや帰りませ　**恋ひ死なぬとに**〔古非之奈奴刀尓〕　（⑮三七四八・狭野弟上娘子）

恋ひ死なば　恋ひも死ねとや〔古非之奈婆　古非毛之祢等也〕　ほととぎす　物思ふ時に　来鳴きとよむる　（⑮三七八〇・中臣宅守）

死に反る

思ひにし　死にするものに　あらませば　千度そ我は　**死に反らまし**〔死變益〕　（④六〇三・笠女郎）

恋するに　死にするものに　あらませば　我が身は千度　**死に反らまし**〔死為物〕（⑪二三九〇・柿本人麻呂歌集）

絶ゆ

大君は　千歳にまさむ　白雲も　三船の山に　**絶ゆる日あらめや**〔絶日安良米也〕　（③二四三・春日王）

……朝な朝な　言ふこと止み　たまきはる　**命　絶えぬれ**〔伊乃知多延奴礼〕　立ち躍り　足すり叫び……　（⑤九〇四・山上憶良）

……ゆなゆなは　**息さへ絶えて**〔氣左倍絶而〕　後つひに　命死にける　水江の　浦島子が　家所見ゆ

I　和歌編

こもりくの　泊瀬の川の　上つ瀬に　鵜を八つ潜け　下つ瀬に　鮎を食はしめ　くはし妹に　鮎を惜しみ　くはし妹に　鮎を惜しみ　投ぐるさの　遠ざかり居て　思ふ空　安けなくに　嘆く空　安けなくに　衣こそば　それ破れぬれば　継ぎつつも　またも逢はふといへ　玉こそば　緒の絶[を](#)

えぬれば　[緒之絶薄]　くくりつつ　またも逢ふといへ　またも逢はぬものは　妻にしありけり　⑬三三三〇

亡き人

風早の　三穂の浦回の　白つつじ　見れどもさぶし　なき人思へば　[無人念者]　あるいは云ふ「見れば悲しも　な

き人思ふに　[無人思丹]　　③四三四・河辺宮人

秋津野に　朝居る雲の　失せ行けば　昨日も今日も　なき人思ほゆ　[無人所レ念]　⑦一四〇六

大和には　鳴きてか来らむ　ほととぎす　汝が鳴くごとに　なき人思ほゆ　[無人所レ念]　⑩一九五六

昔の人・古の人

楽浪の　志賀の　一に云ふ「比良の」　大わだ　淀むとも　昔の人に　[昔人二]　またも逢はめやも　一に云ふ「逢

はむと思へや」　①三一・柿本人麻呂

岩屋戸に　立てる松の木　汝を見れば　昔の人を　[昔人乎]　相見るごとし　③三〇九・博通法師

古に　ありけむ人の　[古昔　有家武人之]　倭文機の　帯解き交へて　盧屋立て　妻問ひしけむ　勝鹿の真

間の手児名が　奥つきを　こことは聞けど　真木の葉や　茂りたるらむ　松が根や　遠く久しき　言のみも　名の

みも我は　忘らゆましじ　③四三一・山部赤人

移り行く　時見るごとに　心痛く　昔の人し　[牟可之能比等之]　思ほゆるかも　⑳四四八三・大伴家持

第三部　死

忌避

あり（にあり・なり）・います（ます）・居る

楽浪の　大山守は　誰がためか　山に標結ふ　**君もあらなくに**〔君毛不ㇾ有國〕（②一五四・石川夫人）

神風の　伊勢の国にも　あらましを　なにしか来けむ　**君もあらなくに**〔君毛不ㇾ有國〕（②一六三・大伯皇女）

見まく欲り　**我がする君も**　**あらなくに**〔吾為君毛　不ㇾ有尓〕　なにしか来けむ　馬疲らしに（②一六四・大伯皇女）

磯の上に　生ふるあしびを　手折らめど　**見すべき君が**　**ありといはなくに**〔令ㇾ視倍吉君之　在常不ㇾ言尓〕（②一六六・大伯皇女）

島の宮　上の池なる　放ち鳥　荒びな行きそ　**君いまさずとも**〔君不ㇾ座十万〕（②一七二・皇子尊宮舎人）

なゆ竹の　とをよる御子　さにつらふ　我が大君は　こもりくの　泊瀬の山に　神さびに　斎きいますと　玉梓の　人そ言ひつる　逆言か　我が聞きつる　狂言か　我が聞きつる　天地に　悔しきことの　世間の　悔しきことは　天雲の　そくへの極み　天地の　至れるまでに　杖つきも　つかずも行きて　夕占問ひ　石占もちて　我がやどに　みもろを立てて　枕辺に　斎瓮をすゑ　竹玉を　間なく貫き垂れ　木綿だすき　かひなに掛けて　天にある　ささらの小野の　七ふ菅　手に取り持ちて　ひさかたの　天の川原に　出で立ちて　みそぎてましを　高山の　巌の上に　**いませつるかも**〔伊座都類香物〕（③四二〇・丹生王）

石上　布留の山なる　杉群の　思ひ過ぐべき　**君ならなくに**〔君尓有名國〕（③四二二・丹生王）

I 和歌編

こもりくの　泊瀬娘子が　手に巻ける　玉は乱れて　ありと言はずやも　〔有不レ言八方〕　（③四二四・山前王）

愛しき　人のまきてし　しきたへの　我が手枕を　まく人あらめや　〔纒人将レ有哉〕　（③四三八・大伴旅人）

昨日こそ　**君はありしか**〔公者在然〕　思はぬに　浜松の上に　雲にたなびく　（③四四四・大伴三中）

はしきやし　栄えし君の　**いましせば**〔伊座勢婆〕　昨日も今日も　我を召さましを　（③四五四・余明軍）

遠長く　仕へむものを　思へりし　**君しまさねば**〔君不レ座者〕　心どもなし　（③四五七・余明軍）

我がやどに　花そ咲きたる　そを見れど　心も行かず　はしきやし　**妹がありせば**〔妹之有世婆〕　うつせみの　借れる身なれば　露霜の　消ぬるがごとく　あしひきの　山路をさして　入り日なす　隠りにしかば　そこ思ふに　胸こそ痛み　言ひも得ず　名付けも知らず　跡もなき　世間なれば　せむすべもなし

二人並び居　手折りても　見せましものを　うつせみの　借れる身なれば　露霜の　消ぬるがごとく　あしひきの

家離り　**います我妹を**〔伊麻須吾妹乎〕　留めかね　山隠しつれ　心どもなし　（③四七一・大伴家持）

……投ぐるさの　**遠ざかり居て**〔遠離居而〕　思ふ空　安けなくに　嘆く空　安けなくに……　（⑬三三三〇）

出づ

梓弓　手に取り持ちて　ますらをの　さつ矢手挟み　立ち向かふ　高円山に　春野焼く　野火と見るまで　燃ゆる　火を　何かと問へば　玉桙の　道来る人の　泣く涙　こさめに降れば　白たへの　衣ひづちて　立ち留まり　我に　語らく　なにしかも　もとなとぶらふ　聞けば　音のみし泣かゆ　語れば　心そ痛き　天皇の　神の皇子の　**出**ましの〔御駕之〕　手火の光そ　ここだ照りたる　（②二三〇・笠金村歌集）

留めえぬ　命にしあれば　しきたへの　家ゆは**出でて**〔家従者出而〕　雲隠りにき　（③四六一・大伴坂上郎女）

出でて行く〔出行〕　道知らませば　あらかじめ　妹を留めむ　関も置かましを　（③四六八・大伴家持）

第三部　死

……白たへの　手本を別れ　にきびにし　家ゆも出でて[家従裳出而]　みどり子の　泣くをも置きて……

(③四八一・高橋朝臣)

斎く

……こもりくの　泊瀬の山に　神さびに　斎きいますと[神左備尓　伊都伎坐等]　玉梓の　人そ言ひつる……

(③四二〇・丹生王)

去ぬ

天飛ぶや　軽の道は　我妹子が　里にしあれば　ねもころに　見まく欲しけど　やまず行かば　人目を多み　まねく行かば　人知りぬべみ　さね葛　後も逢はむと　大舟の　思ひ頼みて　玉かぎる　磐垣淵の　隠りのみ　恋ひつつあるに　渡る日の　暮れぬるがごと　照る月の　雲隠るごと　沖つ藻の　なびきし妹は　**もみち葉の　過ぎて去にきと**[黄葉乃　過伊去等]　玉梓の　使ひの言へば　梓弓　音に聞きて　一に云ふ「音のみ聞きて」　言はむすべ　せむすべ知らに　音のみを　聞きてありえねば　我が恋ふる　千重の一重も　慰もる　心もありやと　我妹子が　止まず出で見し　軽の市に　我が立ち聞けば　玉だすき　畝傍の山に　鳴く鳥の　声も聞こえず　玉梓の　道行き人も　ひとりだに　似てし行かねば　すべをなみ　妹が名呼びて　袖そ振りつる　或本には、「名のみを　聞きてあり　えねば」といふ句あり

(②二〇七・柿本人麻呂)

天雲の　向伏す国の　もののふと　言はるる人は　天皇の　神の御門に　外の重に　立ち候ひ　内の重に　仕へ奉りて　玉葛　いや遠長く　祖の名も　継ぎ行くものと　母父に　妻に子どもに　語らひて　立ちにし日より　たらちねの　母の命は　斎瓮を　前にすゑ置きて　片手には　木綿取り持ち　片手には　和たへ奉り　平けく　ま幸くませと　天地の　神を乞ひ禱み　いかにあらむ　年月日にか　つつじ花　にほへる君が　にほ鳥の　なづさひ来む

と　立ちて居て　待ちけむ人は　大君の　命恐み　おし照る　難波の国に　あらたまの　年経るまでに　白たへの衣も干さず　朝夕に　ありつる君は　いかさまに　思ひいませか　うつせみの　惜しきこの世を　**露霜の　置きて去にけむ**〔露霜　置而徃監〕　時にあらずして　（③四四三・大伴三中）

いつしかと　待つらむ妹に　玉梓の　言だに告げず　**去にし君かも**〔徃公鴨〕　（③四四五・大伴三中）

すべもなく　苦しくあれば　出で走り　**去なと思へど**〔伊奈ゝ等思騰〕　此らに障りぬ　（⑤八九九・山上憶良）

葦屋の　菟原処女の　八歳子の　片生ひの時ゆ　小放りに　髪たくまでに　並び居る　家にも見えず　虚木綿の隠りて居れば　見てしかと　いぶせむ時の　垣ほなす　人の問ふ時　千沼壮士　菟原壮士の　伏せ屋焼き　すすし競ひ　相結婚ひ　しける時には　焼き大刀の　手かみ押しねり　白真弓　靫取り負ひて　水に入り　火にも入らむと　立ち向かひ　競ひし時に　我妹子が　母に語らく　倭文手纒　賤しき我が故　ますらをの　争ふ見れば　生けりとも　逢ふべくあれや　ししくしろ　黄泉に待たむと　隠り沼の　下延へ置きて　うち嘆き　**妹が去ぬれば**〔妹之去者〕　千沼壮士　その夜夢に見　取り続き　追ひ行きければ　後れたる　菟原壮士い　天仰ぎ　叫びおらび地を踏み　きかみたけびて　もころ男に　負けてはあらじと　掛け佩きの　小大刀取り佩き　ところつら　尋め行きければ　親族どち　い行き集ひ　永き代に　標にせむと　遠き代に　語り継がむと　処女墓　中に造り置き　壮士墓　このもかのもに　造り置ける　故縁聞きて　知らねども　新喪のごとも　音泣きつるかも
（⑨一八〇九・高橋虫麻呂歌集）

……いつしかと　我が待ち居れば　**もみち葉の　過ぎて去にきと**〔黄葉之　過行跡〕　玉梓の　使ひの言へば……
（⑬三三四四）

言はず・告らず

小垣内の　麻を引き干し　妹なねが　作り着せけむ　白たへの　紐をも解かず　一重結ふ　帯を三重結ひ　苦しきに　仕へ奉りて　今だにも　国に罷りて　父母も　妻をも見むと　思ひつつ　行きけむ君は　鶏が鳴く　東の国の恐きや　神のみ坂に　和たへの　衣寒らに　ぬばたまの　髪は乱れて　**国問へど　国をも告らず　家問へど　家をも言はず**〔邦問跡　國矣毛不レ告　家問跡　家矣毛不レ云〕　ますらをの　行きのまにまに　ここに臥やせる

（⑨一八〇〇・田辺福麻呂歌集）

鳥が音の　神島の海に　高山を　隔てになして　沖つ藻を　枕になし　蛾羽の　衣だに着ずに　いさなとり　海の浜辺に　うらもなく　臥したる人は　母父に　愛子にかあらむ　若草の　妻かありけむ　思ほしき　言伝てむやと**家問へば　家をも告らず　名を問へど　名だにも告らず**〔家問者　家乎母不レ告　名問跡　名谷母不レ告〕　泣く子なす　言だに問はず　思へども　悲しきものは　世間にそある　世間にそある（⑬三三三六）

玉桙の　道に出で立ち　あしひきの　野行き山行き　にはたづみ　川行き渡り　いさなとり　海路に出でて　吹く風も　おほには吹かず　立つ波も　のどには立たず　恐きや　神の渡りの　しき波の　寄する浜辺に　高山を　隔てに置きて　浦ぶちを　枕にまきて　うらもなく　伏したる君は　母父が　愛子にもあらむ　若草の　妻もあらむと　**家問へど　家道も言はず　名を問へど　名だにも告らず**〔家問跡　家道裳不レ云　名矣問跡　名谷裳不レ告〕誰が言を　いたはしとかも　とゐ波の　恐き海を　直渡りけむ　（⑬三三三九）

廬る

狂言か　およづれ言か　こもりくの　泊瀬の山に　**いほりせりといふ**〔廬為云〕　（⑦一四〇八）

入る

I 和歌編

失す

朝ぐもり　**日の入り行けば**〔日之入去者〕　み立たしの　島に下り居て　嘆きつるかも　（②一八八・皇子尊宮舎人）

……言問はぬ　ものにはあれど　我妹子が　**入りにし山を**〔入尓之山乎〕　よすかとぞ思ふ　（③四八一・高橋朝臣）

秋山の　黄葉あはれと　うらぶれて　**入りにし妹は**〔入西妹者〕　待てど来まさず　（⑦一四〇九）

か　思ひて寝らむ　悔しみか　思ひ恋ふらむ　時ならず　過ぎにし児らが　朝露のごと　夕霧のごと

ほに見し　こと悔しきを　しきたへの　手枕まきて　剣大刀　身に副へ寝けむ　若草の　その夫の子は　さぶしみ

に置きて　夕には　消ゆといへ　霧こそば　夕に立ちて　朝には　**失すといへ**〔失等言〕　梓弓　音聞く我も　お

秋山の　したへる妹　なよ竹の　とをよる児らは　いかさまに　思ひ居れか　たく縄の　長き命を　露こそば　朝

秋津野に　**朝居る雲の**〔朝居雲之〕　**失せ行けば**〔失去者〕　昨日も今日も　なき人思ほゆ　（⑦一四〇六）

……玉の緒の　惜しき盛りに　**立つ霧の**〔立霧之〕　**失せぬるごとく**〔失去如久〕　置く露の　消ぬるがごとく……　（⑲四二一四・大伴家持）

移る

見れど飽かず　いましし君が　**もみち葉の**〔黄葉乃〕　**移りい行けば**〔移伊去者〕　悲しくもあるか　（③四五九・県犬養人上）

置く

衾道を　引手の山に　**妹を置きて**〔妹乎置而〕　山路を行けば　生けりともなし　（②二一二・柿本人麻呂）

衾道を　引出の山に　**妹を置きて**〔妹置〕　山路を思ふに　生けるともなし　（②二一五・柿本人麻呂）

54

第三部　死

天ざかる　鄙の荒野に　**君を置きて**〔君乎置而〕　思ひつつあれば　生けるともなし

（２・二二七・柿本人麻呂）

……うつせみの　惜しきこの世を　**露霜の　置きて去にけむ**〔露霜　置而徃監〕　時にあらずして

（３・四四三・大伴三中）

あしひきの　荒山中に　**送り置きて**〔送置而〕　帰らふ見れば　心苦しも

（９・一八〇六・田辺福麻呂歌集）

……隠り沼の　**下延へ置きて**〔下延置而〕　うち嘆き　妹が去ぬれば　千沼壮士　その夜夢に見……

（９・一八〇九・高橋虫麻呂歌集）

おほになる

……みどり子の　泣くをも置きて　**朝霧の　おほになりつつ**〔朝霧　髣髴為乍〕　山背の　相楽山の……

（３・四八一・高橋朝臣）

隠す・隠る（四段・下二段動詞）・隠る

つのさはふ　石見の海の　言さへく　辛の崎なる　いくりにそ　深海松生ふる　荒磯にそ　玉藻は生ふる　玉藻なすなびき寝し児を　深海松の　深めて思へど　さ寝し夜は　いくだもあらず　延ふつたの　別れし来れば　肝向かふ　心を痛み　思ひつつ　かへり見すれど　大舟の　渡りの山の　もみち葉の　散りのまがひに　妹が袖　さやにも見えず　妻ごもる　屋上の　一に云ふ「室上山の」山の　雲間より　渡らふ月の　惜しけども　**隠らひ来れば**〔隠比来者〕　天伝ふ　入り日さしぬれ　ますらをと　思へる我も　しきたへの　衣の袖は　通りて濡れぬ

（２・一三五・柿本人麻呂）

あかねさす　日は照らせども　ぬばたまの　**夜渡る月の　隠らく惜しも**〔夜渡月之　隠良久惜毛〕　或本は、件の歌を以て後の皇子尊の殯宮の時の歌の反とす

（２・一六九・柿本人麻呂）

I 和歌編

大君は 神にしませば 天雲の 五百重の下に 隠(かく)りたまひぬ〔隠賜奴〕

（②二〇五・置始東人）

うつせみと 思ひし時に 一に云ふ「うつそみと思ひし」 取り持ちて 我が二人見し 走り出の 堤に立てる 槻の木の こちごちの枝の 春の葉の しげきがごとく 思へりし 妹にはあれど 頼めりし 児らにはあれど 世間を 背きしえねば かぎろひの もゆる荒野に 白たへの 天領巾隠り 鳥じもの 朝立ちいまして 入(い)り日なす 隠(かく)りにしかば〔入日成 隠去之鹿齒〕 我妹子が 形見に置ける みどり子の 乞ひ泣くごとに 取り委す 物しなければ 男じもの わきばさみ持ち 我妹子と 二人我が寝し 枕づく つま屋のうちに 昼はも うらさび暮らし 夜はも 息づき明かし 嘆けども せむすべ知らに 恋ふれども 逢ふよしをなみ 大鳥の 羽易の山に 汝が恋ふる 妹はいますと 人の言へば 岩根さくみて なづみ来し 良けくもぞなき うつせみと 思ひし妹が 灰にていませば

（②二一三・柿本人麻呂）

ひし妹が 玉かぎる ほのかにだにも 見えなく思へば

（②二一〇・柿本人麻呂）

うつそみと 思ひし時に たづさわり 我が二人見し 出で立ちの 百枝槻の木 こちごちに 枝させるごと 春の葉の しげきがごとく 思へりし 妹にはあれど 頼めりし 妹にはあれど 世間を 背きしえねば かぎろひの もゆる荒野に 白たへの 天領巾隠り 鳥じもの 朝立ちい行きて 入(い)り日なす 隠(かく)りにしかば〔入日成 隠

西加婆〕 我妹子が 形見に置ける みどり子の 乞ひ泣くごとに 取り委す 物しなければ 男じもの わきばさみ持ち 我妹子と 二人我が寝し 枕づく つま屋のうちに 昼はも うらさび暮らし 夜はも 息づき明かし 嘆

けども せむすべ知らに 恋ふれども 逢ふよしをなみ 大鳥の 羽易の山に 汝が恋ふる 妹はいますと 人の言へば 岩根さくみて なづみ来し 良けくもぞなき うつそみと 思ひし妹が 灰にていませば

豊国の 鏡の山の 岩戸立て 隠(かく)りにけらし〔隠尓計良思〕 待てど来まさず

（③四一八・手持女王）

……あしひきの　山辺をさして　**夕闇(ゆふやみ)と**　**隠(かく)りましぬれ**〔晩闇跡　隠益去礼〕　言はむすべ　せむすべ知らに……
（③四六〇・大伴坂上郎女）

……あしひきの　山路をさして　**入(い)り日(ひ)なす**　**隠(かく)りにしかば**〔入日成　隠去可婆〕　そこ思ふに　胸こそ痛き……
（③四六六・大伴家持）

琴取れば　嘆き先立つ　けだしくも　琴の下樋に　**妻(つま)や隠(こも)れる**〔孋哉匿有〕　（⑦一一二九）

事しあらば　小泊瀬山の　石城にも　**隠(こも)らば共(とも)に**〔隠者共尓〕　な思ひ我が背　（⑯三八〇六）

天領布隠(あまひれがく)る

……かぎろひの　もゆる荒野に　**白(しろ)たへの**　**天領巾隠(あまひれがく)り**〔白妙之　天領巾隠〕　鳥じもの　朝立ちいまして……
（②二一〇・柿本人麻呂）

……かぎるひの　もゆる荒野に　**白(しろ)たへの**　**天領巾隠(あまひれがく)り**〔白栲　天領巾隠〕　鳥じもの　朝立ちい行きて……
（②二一三・柿本人麻呂）

岩隠(いはがく)る

かけまくも　ゆゆしきかも　一に云ふ「ゆゆしけれども」　言はまくも　あやに恐き　明日香の　真神の原に　ひさかたの　天つ御門を　恐くも　定めたまひて　神さぶと　**岩隠(いはがく)ります**〔磐隠座〕　やすみしし　我が大君の　聞こしめす　背面の国の　真木立つ　不破山越えて　高麗剣　和射見が原の　行宮に　天降りいまして　天の下　治めたまひ　一に云ふ「払ひたまひて」　食国を　定めたまふと　鶏が鳴く　東の国の　御軍士を　召したまひて　ちはやぶる　人を和せと　まつろはぬ　国を治めと　一に云ふ「払へと」　皇子ながら　任けたまへば　大御身に　大刀取り佩かし　大御手に　弓取り持たし　御軍士を　あどもひたまひ　整ふる　鼓の音は　雷の　声と聞くまで吹

I 和歌編

き鳴せる　小角の音も　一に云ふ「笛の音は」　あたみたる　虎か吼ゆると　諸人の　おびゆるまでに　一に云ふ「聞き惑ふまで」ささげたる　旗のなびきは　冬ごもり　春さり来れば　野ごとに　つきてある火の　一に云ふ「冬ごもり　春野焼く火の」風のむた　なびかふごとく　取り持てる　弓弭の騒ぎ　み雪降る　冬の林に　一に云ふ「木綿の林」　つむじかも　い巻き渡ると　思ふまで　聞きの恐く　一に云ふ「諸人の　見惑ふまでに」　引き放つ　矢のしげけく　大雪の　乱れて来れ　一に云ふ「霰なす　そちより来れば」　まつろはず　立ち向かひしも　露霜の　消なば消ぬべく　行く鳥の　争ふはしに　一に云ふ「朝霜の　消なば消と言ふに　うつせみと　争ふはしに」　渡会の斎宮ゆ　神風に　い吹き惑はし　天雲を　日の目も見せず　常闇に　覆ひたまひて　定めてし　瑞穂の国を　神ながら　太敷きまして　やすみしし　我が大君の　天の下　奏したまへば　万代に　然しもあらむと　一に云ふ「かくしもあらむと」　木綿花の　栄ゆる時に　我が大君　皇子の御門を　一に云ふ「さす竹の　皇子の御門を」　神宮に　装ひまつりて　使はしし　御門の人も　白たへの　麻衣着て　埴安の　御門の原に　あかねさす　日のことごと　鹿じもの　い這ひ伏しつつ　ぬばたまの　夕に至れば　大殿を　振り放け見つつ　鶉なす　い這ひもとほり　侍ひえねば　春鳥の　さまよひぬれば　嘆きも　いまだ過ぎぬに　思ひも　いまだ尽きねば　言さへく　百済の原ゆ　神葬り　葬りいませて　あさもよし　城上の宮を　常宮と　高くしたてて　神ながら　しづまりましぬ　然れども　我が大君の　万代と　思ほしめして　作らしし　香具山の宮　万代に　過ぎむと思へや　天のごと　振り放け見つつ　玉だすき　かけて偲はむ　恐くありとも

（②一九九・柿本人麻呂）

雲隠る〔雲隠如〕
くもがく

……渡る日の　暮れぬるがごと　照る月の　**雲隠る**こと　沖つ藻の　なびきし妹は……

（②二〇七・柿本人麻呂）

58

第三部　死

ももづたふ　磐余の池に　鳴く鴨を　今日のみ見てや　雲隠りなむ【雲隠去牟】

（３）四一六・大津皇子

大君の　命恐み　大殯の　時にはあらねど　雲隠ります【雲隠座】

留めえぬ　命にしあれば　しきたへの　家ゆは出でて　雲隠りにき【雲隠去寸】

（３）四四一・倉橋部女王

殿隠る

磯城島の　大和の国に　いかさまに　思ほしめせか　つれもなき　城上の宮に　大殿を　仕へ奉りて　殿隠り

隠りいませば【殿隠　隠座者】　朝には　召して使ひ　夕には　召して使ひ　使はしし　舎人の子らは　行く鳥

の　群がりて待ち　あり待てど　召したまはねば　剣大刀　磨ぎし心を　天雲に　思ひはぶらし　臥いまろび

づち泣けども　飽き足らぬかも

山隠す

（３）四六一・大伴坂上郎女

家離り　います我妹を　留めかね　山隠しつれ【山隠都礼】　心どもなし

（３）四七一・大伴家持

恋ひつつも　居らむとすれど　木綿間山【遊布麻夜間】　隠れし君を【可久礼之伎美乎】　思ひかねつも

（１４）三四七五

はしけやし　妻も子どもも　高々に　待つらむ君や　山隠れぬる【そ麻我久礼奴流】

（１５）三六九二・葛井子老

潜く

耳無の　池し恨めし　我妹子が　来つつ潜かば【来乍潜者】　水は涸れなむ

（１６）三七八八

大舟に　小舟引き添へ　潜くとも　志賀の荒雄に　潜きあはめやも【潜将ㇾ相八方】

（１６）三八六九・一云山上憶良

貝（谷）に交じる

今日今日と　我が待つ君は　石川の　貝に【貝尓】〔一云「谷に【谷尓】」〕　交じりて【貝尓交而】ありといはずやも

Ⅰ　和歌編

帰(かへ)り来(こ)ず

父母が　成しのまにまに　箸向かふ　弟の命は　朝露の　消易き命　神のむた　争ひかねて　葦原の　瑞穂の国に　家なみや　また帰(かへ)り来(こ)ぬ〔又還不レ来〕　遠つ国　黄泉の界に　延ふつたの　己が向き向き　天雲の　別れし行けば　闇夜なす　思ひ迷はひ　射ゆ鹿の　心を痛み　葦垣の　思ひ乱れて　春鳥の　音のみ泣きつつ　あぢさはふ　夜昼知らず　かぎろひの　心燃えつつ　嘆き別れぬ　（⑨一八〇四・田辺福麻呂歌集）

神といます

やすみしし　我が大君　高光る　日の皇子　ひさかたの　天つ宮に　神ながら　神といませば〔神等座者〕そこをしも　あやに恐み　昼はも　日のことごと　夜はも　夜のことごと　臥し居嘆けど　飽き足らぬかも　（②二〇四・置始東人）

神上(かむあが)る（神登る）

天地の　初めの時の　ひさかたの　天の河原に　八百万　千万神の　神集ひ　集ひいまして　神はかり　はかりし時に　天照らす　日女の命〔一に云ふ「さしあがる　日女の命」〕天をば　知らしめすと　葦原の　瑞穂の国を　天地の　寄り合ひの極み　知らしめす　神の命と　天雲の　八重かき分けて〔一に云ふ「天雲の　八重雲分けて」〕神下しいませまつりし　高照らす　日の皇子は　飛ぶ鳥の　清御原の宮に　神ながら　太敷きまして　天皇の　敷きます国と　天の原　石門を開き　神上(かむあが)り　上(あが)りいましぬ〔神上　上座奴〕〔一に云ふ「神登(かむのぼ)り　いましにしかば〔神登(かむのぼ)り　座尓之可婆〕〕我が大君　皇子の尊の　天の下　知らしめしせば　春花の　貴からむと　望月の　たたはしけむと　天の下　四方の人の　大舟の　思ひ頼みて　天つ水　仰ぎて待つに　いかさまに　思ほ

（②一六七・依羅娘子）

第三部　死

消・消(け)やすし　→「死(死ぬ・消死ぬ)」参照

しめせかも　つれもなき　真弓の岡に　宮柱　太敷きいまし　みあらかを　高知りまして　朝言に　御言問はさず　日月の　まねくなりぬれ　そこ故に　皇子の宮人　行くへ知らずも　一に云ふ「さす竹の　皇子の宮人　行くへ知らにす」

（②一六七・柿本人麻呂）

思ひ出づる　時はすべなみ　佐保山に　立つ雨霧の　消(け)ぬべく思ほゆ　〔立雨霧乃　應レ消所レ念〕

（⑫三〇三六）

……行く鳥の　争ふはしに　一に云ふ「朝霜の　消なば消と言ふに」〔朝霜之　消者消言尓〕……うつせみと　争ふは

（②一九九・柿本人麻呂）

朝霜(あさしも)の　消易(けやす)き命(いのち)　〔朝霜　消安命〕　誰がために　千歳もがもと　我が思はなくに

（⑦一三七五）

朝霜(あさしも)の　消なば消ぬべく　〔朝霜　消〕　思ひつつ　いかにこの夜を　明かしてむかも

（⑩一九〇八）

春されば　水草の上に　置く霜の　消つつも我は　〔置霜乃　消乍毛我者〕　恋ひ渡るかも

（⑪二四五八・柿本人麻呂歌集）

朝霜(あさしも)の　消(け)ぬべくのみや　〔朝霜乃　可レ消耳也〕　時なしに　思ひ渡らむ　息の緒にして

（⑫三〇四五）

朝露に　咲きすさびたる　月草(つきくさ)の　日(ひ)くたつなへに　消(け)ぬべく思ほゆ　〔鴨頭草之　日斜共　可レ消所レ念〕

（⑩二二八一）

61

朝咲き　夕は消ぬる　**月草の　消ぬべき恋も**〔鴨頭草乃　可レ消戀毛〕　我はするかも　（⑩二二九一）

露の消

……たく縄の　長き命を　**露こそば**〔露己曽婆〕　朝に置きて　夕には　**消ゆといへ**〔消等言〕……
（②二一七・柿本人麻呂）

我がやどの　夕影草の　**白露の　消ぬがにもとな**〔白露之　消蟹本名〕　思ほゆるかも　（④五九四・笠郎女）

朝露の　消やすき我が身〔朝露乃　既夜須肢我身〕　他国に　過ぎかてぬかも　親の目を欲り
（⑤八八五・麻田陽春）

秋付けば　尾花が上に　**置く露の　消ぬべくも我は**〔置露乃　應レ消毛吾者〕　思ほゆるかも
（⑧一五六四・日置長枝娘子）

秋萩の　枝もとををに　**置く露の　消なば消ぬとも**〔降露乃　消者雖レ消〕　色に出でめやも
（⑧一五九五・大伴像見）

……箸向かふ　弟の命は　**朝露の　消易き命**〔朝露乃　銷易杵壽〕　神のむた　争ひかねて……
（⑨一八〇四・田辺福麻呂歌集）

秋の田の　穂の上に置ける　**白露の　消ぬべくも我は**〔白露之　可レ消吾者〕　思ほゆるかも　（⑩二二四六）

咲き出照る　梅の下枝に　**置く露の　消ぬべく妹に**〔置露之　可レ消於レ妹〕　恋ふるこのころ　（⑩二三三五）

朝露の　消易き我が身〔朝露之　消安吾身〕　老いぬとも　またをちかへり　君をし待たむ　（⑪二六八九）

かく恋ひむ　ものと知りせば　夕置きて　**朝は消ぬる　露ならましを**〔旦者消流　露有申尾〕　（⑫三〇三八）

夕置きて　朝は消ぬる　**白露の　消ぬべき恋も**〔白露之　可レ消戀毛〕　我はするかも　（⑫三〇三九）

第三部　死

朝な朝な　草の上白く　置く露の　消なば共にと〔置露乃　消者共跡〕言ひし君はも　（12・三〇四一）

朝日さす　春日の小野に　置く露の　消ぬべき我が身〔置露乃　可レ消吾身〕惜しけくもなし　（12・三〇四二）

春されば　花咲きをり　秋付けば　丹の穂にもみつ　うま酒を　神奈備山の　帯にせる　飛鳥の川の　速き瀬に　生ふる玉藻の　うちなびき　心は寄りて　朝露の　消なば消ぬべく〔朝露之　消者可レ消〕恋ひしくも　著くも　逢へる　隠り妻かも　（13・三二六六）

……立つ霧の　失せぬるごとく　置く露の　消ぬるがごとく〔置露之　消去之如〕玉藻なす　なびき臥い伏し……（19・四二一四・大伴家持）

……まつろはず　立ち向かひしも　露霜の　消なば消ぬべく〔露霜之　消者消倍久〕行く鳥の　争ふはしに……（2・一九九・柿本人麻呂）

……うつせみの　借れる身なれば　露霜の　消ぬるがごとく〔露霜乃　消去之如久〕あしひきの　山路をさして……（3・四六六・大伴家持）

露霜の　消易き我が身〔露霜乃　消安我身〕老いぬとも　またをり返り　君をし待たむ　（12・三〇四三）

露霜の　消ぬべく〔露霜之　消倍久〕消ゆる……

道に逢ひて　笑ましししからに　降る雪の　消なば消ぬがに〔零雪之　消者消香二〕恋ふと言ふ我妹　（4・六二四・聖武天皇）

降る雪の　空に消ぬべく〔零雪　虚空可レ消〕恋ふれども　逢ふよしなしに　月そ経にける　（10・二三三三）

笹の葉に　**はだれ降り覆ひ**　**消なばかも**〔薄太礼零覆　消名羽鴨〕　忘れむと言へば　まして思ほゆ（⑩二三三七）

一目見し　人に恋ふらく　天霧らし　**降り来る雪の**　**消ぬべく思ほゆ**〔零来雪之　可レ消所レ念〕（⑩二三四〇）

思ひ出づる　時はすべなみ　豊国の　**木綿山雪の**　**消ぬべく思ほゆ**〔木綿山雪之　可レ消所レ念〕（⑩二三四一）

夢のごと　君を相見て　天霧らし　**降り来る雪の**　**消ぬべく思ほゆ**〔落来雪之　可レ消所レ念〕（⑩二三四二）

天霧らひ　**降り来る雪の**　**消なめども**〔零来雪之　消友〕　君に逢はむと　流らへ渡る（⑩二三四五）

うたがたも　言ひつつもあるか　我ならば　地には落ちじ　**空に消なまし**〔空消生〕（⑫二八九六）

沈む

難波潟　潮干なありそね　**沈みにし**〔沈之〕　妹が姿を　見まく苦しも（②二二九・川辺宮人）

知る・領く（治める）

ひさかたの　**天知らしぬる**〔天所レ知流〕　君故に　日月も知らず　恋ひ渡るかも（②二〇〇・柿本人麻呂）

泣沢の　神社に神酒据ゑ　祈れども　我が大君は　**高日知らしぬ**〔高日所レ知奴〕（②二〇二・檜隈女王）

かけまくも　あやに恐し　言はまくも　ゆゆしきかも　我が大君　皇子の命　万代に　めしたまはまし　大日本　久邇の都は　うちなびく　春さりぬれば　山辺には　花咲きををり　川瀬には　鮎子さ走り　いや日異に　栄ゆる時に　逆言の　狂言とかも　白たへに　舎人装ひて　和束山　御輿立たして　ひさかたの　**天知らしぬれ**〔天所レ知奴礼〕　こいまろび　ひづち泣けども　せむすべもなし（③四七五・大伴家持）

我が大君　**天知らさむと**〔天所レ知牟登〕　思はねば　おほにそ見ける　和束杣山（③四七六・大伴家持）

沖つ国　**領く君が**〔領君之〕　塗り屋形　丹塗りの屋形　神が門渡る（⑯三八八八）

過ぐ

第三部　死

……沖つ藻の　なびきし妹は　もみち葉の　過ぎて去にきと〔黄葉乃　過伊去等〕　玉梓の　使ひの言へば……
（②二〇七・柿本人麻呂）

〔平知野乍過奴〕
しきたへの　袖交へし君　玉垂れの　越智野過ぎ行く〔越野過去〕　またも逢はめやも　一に云ふ「越智野に過ぎぬ」
①一四七・柿本人麻呂）

ま草刈る　荒野にはあれど　もみち葉の　過ぎにし君が〔葉　過去君之〕　形見とそ来し
（②一九五・柿本人麻呂）

……悔しみか　思ひ恋ふらむ　時ならず　過ぎにし児らが〔過去子等我〕　朝露のごと　夕霧のごと
（②二一七・柿本人麻呂）

百足らず　八十隈坂に　手向せば　過ぎにし人に〔過去人尓〕　けだし逢はむかも
（③四二七・刑部垂麻呂）

長き夜を　ひとりや寝むと　君が言へば　過ぎにし人の〔過去人之〕　思ほゆらくに
（③四六三・大伴書持）

松の葉に　月はゆつりぬ　もみち葉の　過ぐれや君が〔黄葉乃　過哉君之〕　逢はぬ夜の多き
（④六二三・池辺王）

国遠き　道の長手を　おほほしく　今日や過ぎなむ〔計布夜須疑南〕　言問ひもなく
（⑤八八四・麻田陽春）

朝露の　消やすき我が身　他国に　過ぎかてぬかも〔須疑加弖奴可母〕　親の目を欲り
（⑤八八五・麻田陽春）

……世間は　かくのみならし　犬じもの　道に伏してや　命過ぎなむ〔伊能知周疑南〕　一に云ふ「我が世過ぎなむ」〔和何余須疑奈牟〕
（⑤八八六・山上憶良）

行く川の〔由可波〕　過ぎにし人の〔須疑尓之人之〕　手折らねば　うらぶれ立てり　三輪の檜原は
（⑦一一一九・柿本人麻呂歌集）

児らが手を　巻向山は　常にあれど　過ぎにし人に〔過徃人尓〕　行き巻かめやも
（⑦一二六八・柿本人麻呂歌集）

世間は　まこと二代は　行かざらし　**過ぎにし妹に**〔過妹尓〕　逢はなく思へば　（⑦一四一〇）

もみち葉の　過ぎにし児らと〔黄葉之　過去子等〕　携はり　遊びし磯を　見れば悲しも

（⑨一七九六・柿本人麻呂歌集）

塩気立つ　荒磯にはあれど　**行く水の　過ぎにし妹が**〔徃水之　過去妹之〕　形見とそ来し

（⑨一七九七・柿本人麻呂歌集）

大君の　命恐み　秋津島　大和を過ぎて　大伴の　三津の浜辺ゆ　大舟に　ま梶しじ貫き　朝なぎに　水手の声しつつ　夕なぎに　梶の音しつつ　行きし君　いつ来まさむと　占置きて　斎ひ渡るに　狂言か　人の言ひつる　我が心　筑紫の山の　**もみち葉の　散り過ぎにきと**〔黄葉之　散過去常〕　君がただかを　（⑬三三三三）

……いつしかと　我が待ち居れば　**もみち葉の　過ぎて去にきと**〔黄葉之　過行跡〕　玉梓の使ひの言へば……

（⑬三三四四）

天離る　鄙治めにと　大君の　任けのまにまに　出でて来し　我を送ると　あをによし　奈良山過ぎて　泉川　清き河原に　馬留め　別れし時に　ま幸くて　我帰り来む　平けく　斎ひて待てと　語らひて　来し日の極み　玉桙の　道をた遠み　山川の　隔りてあれば　恋しけく　日長きものを　見まく欲り　思ふ間に　玉梓の　使ひの来れば　嬉しみと　我が待ち問ふに　逆言の　狂言とかも　はしきよし　汝弟の命　なにしかも　時しはあらむを　はだすすき　穂に出る秋の　萩の花　にほへるやどを　言ふこころは、この人、人となり花草花樹を好愛して多く寝院の庭に植ゑたり。故に花薫へる庭と謂ふ　朝庭に　出で立ち平し　夕庭に　踏み平げず　佐保の内の　**里を行き過ぎ**〔里乎徃過〕　あしひきの　山の木末に　白雲に　立ちたなびくと　我に告げつる　佐保山に火葬す。故に「佐保の内の里**を行き過ぎ**〔佐刀乎由吉須疑〕」といふ　（⑰三九五七・大伴家持）

第三部　死

古に　ありけるわざの　くすばしき　事と言ひ継ぐ　千沼壮士　菟原壮士の　うつせみの　名を争ふと　たまきはる　命も捨てて　争ひに　妻問ひしける　処女らが　聞けば悲しさ　春花の　にほえ栄えて　秋の葉の　にほひに照れる　あたらしき　身の盛りすら　ますらをの　言いたはしみ　父母に　申し別れて　家離り　海辺に出で立ち朝夕に　満ち来る潮の　八重波に　なびく玉藻の　節の間も　惜しき命を　**露霜の　過ぎましにけれ**　[露霜之過麻之尓家礼]　奥つ城を　ここと定めて　後の世の　聞き継ぐ人も　いや遠に　偲ひにせよと　黄楊小櫛　然刺しけらし　生ひてなびきけり　(⑲四二一一・大伴家持)

立_たつ

……白たへの　天領巾隠り　**鳥じもの　朝立_{あさだ}ちいまして**　[鳥自物　朝立伊麻之弖]　入日なす　隠りにしかば……
(②二一〇・柿本人麻呂)

玉乱_{たまみだ}る

こもりくの　泊瀬娘子が　手に巻ける　**玉は乱_{たま}れて**　[玉者乱而]　ありと言はずやも
(③四二四・山前王)

散る

我妹子に　恋ひつつあらずは　**秋萩_{あきはぎ}の　咲きて散りぬる**　[秋芽之　咲而散去流]　花にあらましを
(②一二〇・弓削皇子)

……大舟の　渡の山の　**もみち葉_ばの　散りのまがひに**　[黄葉乃　散之乱尓]　妹が袖　さやにも見えず……
(②一三五・柿本人麻呂)

黄葉_{もみちば}の　散り行くなへに　[黄葉之　落去奈倍尓]　玉梓の　使ひを見れば　逢ひし日思ほゆ
(②二〇九・柿本人麻呂)

I　和歌編

あしひきの　山さへ光り　**咲く花**の　散りぬるごとき〔咲花乃　散去如寸〕　我が大君かも　（３四七七・大伴家持）

長き夜を　君に恋ひつつ　生けらずは　**咲きて散りにし**　花ならましを〔開而落西　花有益乎〕　（10二八二一）

里人の　我に告ぐらく　汝が恋ふる　愛し妻は　**もみち葉の　散りまがひたる**〔黄葉之　散乱有〕　神奈備のこの山辺から　或本に云ふ「その山辺」　ぬばたまの　黒馬に乗りて　川の瀬を　七瀬渡りて　うらぶれて　妻は逢ひきと　人そ告げつる　（13三三〇三）

……我が心　筑紫の山の　**もみち葉の　散り過ぎにきと**〔黄葉之　散過去常〕　君がただかを　春さらば　かざしにせむと　我が思ひし　（13三三三三）

なづさふ

やくもさす　出雲の児らが　黒髪は　吉野の川の　**沖になづさふ**〔奥名豆颯〕　（３四三〇・柿本人麻呂）

うつせみし　神に堪へねば　しきたへの　枕とまきて　**寝せる君かも**〔奈世流君香聞〕　（２二二二・柿本人麻呂）

寝

沖つ波　来寄する荒磯を　しきたへの　枕とまきて　**寝せる君かも**〔奈世流君香聞〕　

桜の花は　散り行けるかも〔櫻花者　散去香聞〕　（16三七八六）

離る・離る・放く

うつせみし　神に堪へねば　衣ならば　脱く時もなく　我が恋ふる　君そ昨夜　夢に見えつる　（２一五〇・婦人）

手に巻き持ちて　衣ならば　脱く時もなく　我が恋ふる　君　玉ならば　（２一六一・持統天皇）

北山に　たなびく雲の　青雲の　**星離り行き　月を離れて**〔星離去　月矣離而〕　（２一六一・持統天皇）

去年見てし　秋の月夜は　照らせども　相見し妹は　**いや年離る**〔弥年離〕　（２二一一・柿本人麻呂）

去年見てし　秋の月夜は　渡れども　相見し妹は　**いや年離る**〔益年放〕　（２二二四・柿本人麻呂）

家離り〔離ｚ家〕　います我妹を　留めかね　山隠しつれ　心どもなし　（３四七一・大伴家持）

68

第三部　死

……にほ鳥の　二人並び居　語らひし　心背きて　**家離りいます**〔伊弉社可利伊摩須〕　⑤七九四・山上憶良

見欲しきは　雲居に見ゆる　うるはしき　十羽の松原　童ども　いざわ出で見む　**こと放けば　国に放けなむ**　**こと放けば　家に放けなむ**〔琴酒者　國丹放甞　別避者　宅仁離南〕　天地の　神し恨めし　草枕　この旅の日

に　**妻放くべしや**〔妻應レ離哉〕　⑬三三四六

草枕　この旅の日に　**妻離り**〔妻放〕　家道思ふに　生けるすべなし　或本の歌に曰く「旅の日にして」

天地の　神はなかれや　愛しき　我が妻離る〔吾妻離流〕　光る神　鳴りはた娘子　携はり　共にあらむと　思

ひしに　心違ひぬ　言はむすべ　せむすべ知らに　木綿だすき　肩に取り掛け　倭文幣　手に取り持ちて　**な放**

けそと〔勿令レ離等〕　我は祈れど　まきて寝し　妹が手本は　雲にたなびく　⑲四二三六

玉藻よし　讃岐の国は　国からか　見れども飽かぬ　神からか　ここだ貴き　天地　日月と共に　足り行かむ　神

の御面と　継ぎ来る　中の湊ゆ　舟浮けて　我が漕ぎ来れば　時つ風　雲居に吹くに　沖見れば　とゐ波立ち　辺

見れば　白波さわく　いさなとり　海を恐み　行く舟の　梶引き折りて　をちこちの　島は多けど　名ぐはし　狭

岑の島の　荒磯面に　盧りて見れば　波の音の　しげき浜辺を　しきたへの　枕になして　**荒床に　ころ臥す君**

が〔自伏君之〕　家知らば　行きても告げむ　妻知らば　来も問はましを　玉桙の　道だに知らず　おほほしく

待ちか恋ふらむ　愛しき妻らは　②二二〇・柿本人麻呂

家ならば　妹が手まかむ　草枕　**旅に臥やせる**〔客尓臥有〕　この旅人あはれ　③四一五・聖徳太子

逆言の　狂言とかも　高山の　巌の上に　**君が臥やせる**〔君之臥有〕　③四二一・丹生王

……犬じもの　**道に伏してや**〔道尓布期弖夜〕　命過ぎなむ　一に云ふ「我が世過ぎなむ」（⑤八八六・山上憶良）

……家問へど　家をも言はず　ますらをの　行きのまにまに　**ここに臥やせる**〔此間偃有〕

（⑨一八〇〇・田辺福麻呂歌集）

鶏が鳴く　東の国に　古に　ありけることと　今までに　絶えず言ひける　勝鹿の　真間の手児名が　麻衣に　青衿付け　ひたさ麻を　裳には織り来て　髪だにも　掻きは梳らず　沓をだに　はかず行けども　錦綾の　中に包める　斎ひ児も　妹に及かめや　望月の　足れる面わに　花のごと　笑みて立てれば　夏虫の　火に入るがごと　湊入りに　舟漕ぐごとく　行きかぐれ　人の言ふ時　いくばくも　生けらじものを　何すとか　身をたな知りて　波の音の　さわく湊の　奥つ城に　**妹が臥やせる**〔妹之臥勢流〕　遠き代に　ありけることを　昨日しも　見けむがごとも　思ほゆるかも　（⑨一八〇七・高橋虫麻呂歌集）

玉かぎる　磐垣淵の　隠りには　**伏して死ぬとも**〔伏雖レ死〕　汝が名は告らじ　（⑪二七〇〇）

……いさなとり　海の浜辺に　うらもなく　**臥したる人は**〔所レ宿有人者〕　母父に　愛子にかあらむ……

（⑬三三三六）

……浦ぶちを　枕にまきて　うらもなく　**伏したる君は**〔偃為公者〕　母父が　愛子にもあらむ……（⑬三三三九）

家人の　待つらむものを　つれもなき　荒磯をまきて　**伏せる君かも**〔偃有公鴨〕　（⑬三三四一）

浦ぶちに　**伏したる君を**〔偃為公矣〕　今日今日と　来むと待つらむ　妻し悲しも　（⑬三三四二）

浦波の　来寄する浜に　つれもなく　**伏したる君が**〔偃為公賀〕　家道知らずも　（⑬三三四三）

枕く　→「葬地（枕）」参照

第三部　死

かくばかり　恋ひつつあらずは　高山の
沖つ波　来寄する荒磯を　しきたへの
鴨山の　**岩根しまける**〔磐根之巻有〕我をかも
……浦ぶちを　**枕**にまきて〔枕丹巻而〕
　　　　　　　　　　　　　　　　　　　　　　枕とまきて〔枕等巻而〕寝せる君かも
　　　　　　　　　　　　　　　　　　　　　　　　　うらもなく　伏したる君は　母父が　愛子にもあらむ……
家人の　待つらむものを　つれもなき　**荒磯**をまきて〔荒磯矣巻而〕伏せる君かも
待てど来ず
豊国の　鏡の山の　岩戸立て　隠りにけらし　**待**てど来まさず〔雖レ待不二来座一〕
秋山の　黄葉あはれと　うらぶれて　入りにし妹は　**待**てど来まさず〔待不レ来〕
荒雄らを　来むか来じかと　飯盛りて　門に出で立ち　**待**てど来まさず〔雖レ待来不レ座〕
荒雄らは　妻子の産業をば　思はずろ　年の八年を　**待**てど来まさず〔待騰来不レ座〕
惑ふ
秋山の　黄葉をしげみ　**惑**ひぬる〔迷流〕妹を求めむ　山路知らずも　一に云ふ「道知らずして」
宿る
天皇の　遠の朝廷と　韓国に　渡る我が背は　家人の　斎ひ待たねか　正身かも　過ちしけむ　秋さらば　帰りまさ

（２）八六・磐姫皇后

（２）二二三・柿本人麻呂

（２）二二三・柿本人麻呂

（13）三三三九

（13）三三四一

（⑦）一四〇九

（③）四一八・手持女王

（16）三八六一・一云山上憶良

（16）三八六五・一云山上憶良

（２）二〇八・柿本人麻呂

むと　たらちねの　母に申して　時も過ぎ　月も経ぬれば　今日か来む　明日かも来むと　家人は　待ち恋ふらむ
に　遠の国　いまだも着かず　大和をも　遠く離りて　岩が根の　荒き島根に　**宿りする君**〔夜杼理須流君〕
（⑮三六八八）

伊波多野に　**宿りする君**〔夜杼里須流伎美〕　家人の　いづらと我を　問はばいかに言はむ　（⑮三六八九）

天地と　ともにもがもと　思ひつつ　ありけむものを　はしけやし　家を離れて　波の上ゆ　なづさひ来にて　あ
らたまの　月日も来経ぬ　雁がねも　継ぎて来鳴けば　たらちねの　母も妻らも　朝露に　裳の裾ひづち　夕霧に
衣手濡れて　幸くしも　あるらむごとく　出で見つつ　待つらむものを　世間の　人の嘆きは　相思はぬ　君にあ
れやも　秋萩の　散らへる野辺の　初尾花　仮廬に葺きて　雲離れ　遠き国辺の　露霜の　寒き山辺に　**宿りせ**
るらむ〔夜杼里世流良牟〕　（⑮三六九一・葛井子老）

もみち葉の　散りなむ山に　**宿りぬる**〔夜杼里奴流〕　君を待つらむ　人し悲しも　（⑮三六九三・葛井子老）

行く

見れど飽かず　いましし君が　**もみち葉の　移りい行けば**〔黄葉乃　移伊去者〕　悲しくもあるか
（③四五九・県犬養人上）

時はしも　何時もあらむを　心痛く　**い行く我妹か**〔伊去吾妹可〕　みどり子を置きて　（③四六七・大伴家持）

……山背の　相楽山の　山のまに　**行き過ぎぬれば**〔往過奴礼婆〕　言はむすべ　せむすべ知らに……
（③四八一・高橋朝臣）

秋津野に　**朝居る雲の　失せ行けば**〔失去者〕　昨日も今日も　なき人思ほゆ　（⑦一四〇六）

我が背子を　**いづち行かめと**〔何處行目跡〕　さき竹の　そがひに寝しく　今し悔しも　（⑦一四一二）

……千沼壮士　その夜夢に見　取り続き　**追ひ行きければ**〔追去祁礼婆〕　後れたる　菟原壮士い……ところつら
尋め行きければ〔尋去祁礼婆〕　親族どち　い行き集ひ……　（⑨一八〇九・高橋虫麻呂歌集）
かなし妹を　**いづち行かめと**〔伊都知由可米等〕　山菅の　そがひに寝しく　今し悔しも　（⑭三五七七）
……夕庭に　踏み平げず　佐保の内の　**里を行き過ぎ**〔里乎徃過〕　あしひきの　山の木末に……
（⑰三九五七・大伴家持）

渡る

……草枕　旅なる間に　佐保川を　**朝川渡り**〔朝河渡〕　春日野を　そがひに見つつ……
（③四六〇・大伴坂上郎女）
……ぬばたまの　黒馬に乗りて　川の瀬を　**七瀬渡りて**〔七瀬渡而〕　うらぶれて　妻は逢ひきと　人そ告げつる
（⑬三三〇三）
玉桙の　道行き人は　あしひきの　山行野行き　にはたづみ　川行き渡り　いさなとり　海路に出でて　恐きや
神の渡りは　吹く風も　のどには吹かず　立つ波も　おほには立たず　とゐ波の　ささふる道を　誰が心　いたは
しとかも　**直渡りけむ**〔直渡異六〕　**直渡りけむ**〔直渡異六〕　（⑬三三三五）
……誰が言を　いたはしとかも　とゐ波の　恐き海を　**直渡りけむ**〔直渉異将〕　（⑬三三三九）
沖つ国　領く君が　塗り屋形　丹塗りの屋形　**神が門渡る**〔神之門渡〕　（⑯三八八八）

別離

I 和歌編

逢はず

楽浪の　志賀の　一に云ふ「比良の」　大わだ　淀むとも　昔の人に　またも逢はめやも　〔赤母相目八毛〕　一に云ふ「逢はむと思へや」〔将▽會跡母戸八〕　①三一・柿本人麻呂

青旗の　木幡の上を　通ふとは　目には見れども　**直に逢はぬかも**　〔直尓不▽相香裳〕　②一四八・倭大后

飛ぶ鳥の　明日香の川の　上つ瀬に　生ふる玉藻は　下つ瀬に　流れ触らばふ　玉藻なす　か寄りかく寄り　なびかひし　夫の命の　たたなづく　柔膚すらを　剣大刀　身に副へ寝ねば　ぬばたまの　夜床も荒るらむ　一に云ふ「君も逢ふやと」　玉垂の　越智の大野の　朝露に　玉裳はひづち　夕霧に　衣は濡れて　草枕　旅寝かもする　一に云ふ「荒れなむ」　そこ故に　慰めかねて　けだしくも　逢ふやと思ひて　**逢はぬ君故**に　〔不▽相君故〕　玉垂の　越智野過ぎ行く　**またも逢はめやも**　〔亦毛將▽相八方〕　一に云ふ「越智野に過ぎぬ」　②一九四・柿本人麻呂

しきたへの　袖交へし君　玉垂の　越智野過ぎ行く　**またも逢はめやも**　〔亦毛將▽相八方〕　②一九五・柿本人麻呂

……恋ふれども　**逢ふよしをなみ**　〔相因乎無見〕　大鳥の　羽易の山に　我が恋ふる　妹はいますと……　②二一〇・柿本人麻呂

……恋ふれども　**逢ふよしをなみ**　〔相縁無〕　大鳥の　羽易の山に　汝が恋ふる　妹はいますと……　②二一三・柿本人麻呂

直に逢はば　**逢ひかつましじ**　〔直相者　相不▽勝〕　石川に　雲立ち渡れ　見つつ偲はむ　②二二五・依羅娘子

百足らず　八十隅坂に　手向けせば　過ぎにし人に　**けだし逢はむかも**　〔蓋相牟鴨〕　③四二七・刑部垂麻呂

朝鳥の　音のみし泣かむ　我妹子に　今また更に　**逢ふよしをなみ**　〔逢因矣無〕　③四八三・高橋朝臣

74

世間は　まこと二代は　行かざらし　過ぎにし妹に　**逢はなく思へば**〔不レ相念者〕（⑦一四一〇）

……玉こそば　緒の絶えぬれば　くくりつつ　またも逢ふといへ　**またも逢はぬものは**〔又毛不レ相物者〕　妻にしありけり（⑬三三三〇）

心違ふ

天地と　共に終へむと　思ひつつ　仕へまつりし　**心違ひぬ**〔情違奴〕（②一七六・皇子尊舎人）

……思ひしに　**心違ひぬ**〔情違奴〕　言はむすべ　せむすべ知らに　木綿だすき　肩に取り掛け……（⑲四二三六）

飛ばす

……立ち躍り　足すり叫び　伏し仰ぎ　胸打ち嘆き　手に持てる　**我が子飛ばしつ**〔安我古登婆之都〕　世間の道（⑤九〇四・山上憶良）

波に袖振る

官こそ　さしても遣らめ　さかしらに　行きし荒雄ら　**波に袖振る**〔波尓袖振〕（⑯三八六四・一云山上憶良）

目言絶ゆ　↓「死（絶ゆ）」参照

飛ぶ鳥の　明日香の川の　上つ瀬に　石橋渡し　一に云ふ「石なみ」　下つ瀬に　打橋渡す　石橋に　一に云ふ「石なみに」　生ひなびける　玉藻もぞ　絶ゆれば生ふる　打橋に　生ひをれる　川藻ぞ　枯るれば生ゆる　なにしかも　我が大君の　立たせば　玉藻のもころ　臥やせば　川藻のごとく　なびかひの　宜しき君が　朝宮を　忘れたまふや　夕宮を　背きたまふや　うつそみと　思ひし時に　春へには　花折りかざし　秋立てば　もみじ葉かざ

し　しきたへの　袖たづさはり　鏡なす　見れども飽かず　望月の　いやめづらしみ　思ほしし　君と時々　出でまして　遊びたまひし　御食向かふ　城上の宮を　常宮と　定めたまひて　あぢさはふ　**目言(めこと)も絶(た)えぬ**〔目辞毛絶奴〕　然れかも　一に云ふ「そこをしも」　あやに哀しみ　ぬえ鳥の　片恋づま　一に云ふ「しつつ」　朝鳥の　一に云ふ「朝霧の」　通はす君が　夏草の　思ひしなえて　夕星の　か行きかく行き　大舟の　たゆたふ見れば　慰もる　心もあらず　そこ故に　せむすべ知れや　音のみも　名のみも絶えず　天地の　いや遠長く　偲ひ行かむ　御名にかかせる　明日香川　万代までに　はしきやし　我が大君の　形見にここを　（②一九六・柿本人麻呂）

別(わか)れ（名詞）・**別(わか)る**

……白たへの　**手本(たもと)を別(わか)れ**〔手本矣別〕　にきびにし　家ゆも出でて　みどり子の　泣くをも置きて……　（③四八一・高橋朝臣）

たらちしの　母が目見ずて　おほほしく　いづち向きてか　**我(あ)が別(わか)るらむ**〔阿我和可留良武〕　（⑤八八七・山上憶良）

一世には　二度見えぬ　父母を　置きてや長く　**我(あ)が別(わか)れなむ**〔阿我和加礼南〕　一に云ふ「**相別(あひわか)れなむ**」〔相別南〕　（⑤八九一・山上憶良）

……延ふつたの　己が向き向き　**天雲(あまくも)の　別(わか)れし行(ゆ)けば**〔天雲乃　別石往者〕……かぎろひの　心燃えつつ　**嘆(なげ)き別(わか)れぬ**〔悲悽別焉〕　（⑨一八〇四・田辺福麻呂歌集）

別(わか)れても〔別而裳〕　またも逢ふべく　思ほえば　心乱れて　我恋ひめやも　一に云ふ「心尽くして」　（⑨一八〇五・田辺福麻呂歌集）

夕されば　葦辺に騒ぎ　明け来れば　沖になづさふ　鴨すらも　妻とたぐひて　我が尾には　霜な降りそと　白たへ

の　翼さし交へて　打ち払ひ　さ寝とふものを　行く水の　反らむごとく　吹く風の　見えぬがごとく　跡もなき
世の人にして　**別れにし**〔和可礼尓之〕　妹が着せてし　なれ衣　袖片敷きて　一人かも寝む
（⑮三六二五・丹比大夫）

世間は　常かくのみと　**別れぬる**〔和可礼奴流〕　君にやもとな　我が恋ひ行かむ　（⑮三六九〇）

わたつみの　恐き道を　安けくも　なく悩み来て　今だにも　喪なく行かむと　壱岐の海人の　ほつての占部を
かた灼きて　行かむとするに　夢のごと　道の空道に　**別れする君**〔和可礼須流伎美〕　（⑮三六九四・六鯖）

昔より　言ひけることの　韓国の　辛くもここに　**別れするかも**〔和可礼須流可聞〕　（⑮三六九五・六鯖）

命

息の緒

今は我は　わびそしにける　**息の緒に**〔氣乃緒尓〕　思ひし君を　ゆるさく思へば　（④六四四・紀女郎）

なかなかに　絶ゆとし言はば　かくばかり　**息の緒にして**〔氣緒尓四而〕　我恋ひめやも　（④六八一・大伴家持）

息の緒に〔氣緒尓〕　思へる我を　山ぢさの　花にか君が　うつろひぬらむ　（⑦一三六〇）

玉だすき　かけぬ時なく　**息の緒に**〔氣緒尓〕　我が思ふ君は　うつせみの　世の人なれば　大君の　命恐み
夕されば　鶴が妻呼ぶ　難波潟　三津の崎より　大舟に　ま梶しじ貫き　白波の　高き荒海を　島伝ひ　い別れ行
かば　留まれる　我は幣引き　斎ひつつ　君をば遣らむ　はや帰りませ　（⑧一四五三・笠金村）

いかといかと　ある我がやどに　百枝さし　生ふる橘　玉に貫く　五月を近み　あえぬがに　花咲きにけり　朝に

日に 出で見るごとに **息の緒に**〔氣緒尓〕 我が思ふ妹に まそ鏡 清き月夜に ただ一目 見するまでには
散りこすな ゆめと言ひつつ ここだくも 我が守るものを うれたきや 醜ほととぎす 暁の うら悲しきに
追へど追へど なほし来鳴きて いたづらに 地に散らせば すべをなみ 攀じて手折りつ 見ませ我妹子
　　（⑧一五〇七・大伴家持）

息の緒に〔息緒〕 我は思へど 人目多みこそ 吹く風に あらばしばしば 逢ふべきものを
　　　　　　　　　　　　　　　　　　　　　　　　　　　　　（⑪二三五九・柿本人麻呂歌集）

息の緒に〔氣緒尓〕 妹をし思へば 年月の 行くらむわきも 思ほえぬかも
（⑪二五三六）

息の緒に〔生緒尓〕 思へば苦し 玉の緒の 絶えて乱れな 知らば知るとも
（⑪二七八八）

朝霜の 消ぬべくのみや 時なしに 思ひ渡らむ **息の緒にして**〔氣之緒尓為而〕
（⑫三〇四五）

息の緒に〔氣緒尓〕 我が息づきし 妹すらを 人妻なりと 聞けば悲しも
（⑫三一一五）

息の緒に〔氣緒尓〕 我が思ふ君は 鶏が鳴く 東の坂を 今日か越ゆらむ
（⑫三一九四）

古ゆ 言ひ継ぎけらく 恋すれば 苦しきものと 玉の緒の 継ぎては言へど 娘子らが 心を知らに そを知ら
むよしのなければ 夏麻引く 命かたまけ 刈り薦の 心もしのに 人知れず もとなそ恋ふる **息の緒にし
て**〔氣之緒丹四天〕
（⑬三二五五）

うちはへて 思ひし小野は 遠からぬ その里人の 標結ふと 聞きてし日より 立てらくの たづきも知らに
居らくの 奥かも知らに にきびにし 我が家すらを 草枕 旅寝のごとく 思ふ空 苦しきものを 嘆く空 過
ぐし得ぬものを 天雲の ゆくらゆくらに 葦垣の 思ひ乱れて 乱れ麻の 麻笥をなみと 我が恋ふる 千重の
一重も 人知れず もとなや恋ひむ **息の緒にして**〔氣之緒尓為而〕
（⑬三二七二）

78

第三部　死

天照らす　神の御代より　安の川　中に隔てて　向かひ立ち　袖振りかはし　**息**（いき）**の緒に**〔伊吉能乎尓〕　嘆かす
児ら　渡り守　舟も設けず　橋だにも　渡してあらば　その上ゆも　い行き渡らし　携はり　うながけり居て　思
ほしき　言も語らひ　慰むる　心はあらむを　なにしかも　秋にしあらねば　言問ひの　ともしき児ら　うつせみ
の　世の人我も　ここをしも　あやに奇しみ　行き変はる　年のはごとに　天の原　振り放け見つつ　言ひ継ぎに
すれ　⑱〔四一二五・大伴家持〕
白雪の　降り敷く山を　越え行かむ　君をそもとな　**息の緒に思ふ**〔伊吉能乎尓念〕　⑲〔四二八一・大伴家持〕

命（いのち）→「死（命死ぬ・絶ゆ）」「忌避（過ぐ）」「無常（留めず）」「その他（幸く）」参照

生くる命

いくばくも（いく）　**生けらじ命を**（いけ）〔幾　不生有命乎〕　恋ひつつそ　我は息づく　人に知らえず　⑫〔二九〇五〕

何時までに（いつ）　**生かむ命そ**（いか）〔何時左右二　将生命曽〕　おほかたは　恋ひつつあらずは　死ぬるまされり　⑫〔二九一三〕

命知らず

たまきはる　命は知らず（いのち し）〔壽者不知〕　松が枝を　結ぶ心は　長くとそ思ふ　⑥〔一〇四三〕

かくのみし　恋ひや渡らむ　たまきはる　**命も知らぬ**（いのち し）〔不知命〕　年は経につつ　⑪〔二三七四・柿本人麻呂歌集〕

高麗錦　紐解き開けて　夕だに　**知らざる命**（し いのち）〔不知有命〕　恋ひつつかあらむ　⑪〔二四〇六・柿本人麻呂歌集〕

道の辺の　草深百合の　後もと言ふ　**妹が命を**（いも いのち）　**我知らめやも**（われ し）〔妹命　我知〕　⑪〔二四六七・柿本人麻呂歌集〕

Ⅰ　和歌編

あらたまの　年の緒長く　何時までか　我が恋ひ居らむ　**命知らず**〔伊能知母不之良受〕　海原の　恐き道を……　　　⑳四四〇八・大伴家持

……うつせみの　世の人なれば　たまきはる　**命も知らず**〔壽不レ知而〕　　　⑫二九三五

命捨つ

我が背子が　その名告らじと　たまきはる　**命は捨てつ**〔壽毛須氏弓〕　争ひに　妻問ひしける……　　　⑲四二一一・大伴家持

……うつせみの　名を争ふと　たまきはる　**命も捨てて**〔壽毛須氏弓〕　　　⑪二三五一

命なし

命常ね

我が命も　常にあらぬか〔吾命毛　常有奴可〕　昔見し　象の小川を　行きて見むため　　　③三三二一・大伴旅人

ま葛延ふ　夏野の繁く　かく恋ひば　**まこと我が命　常ならめやも**〔信吾命　常有目八面〕　　　⑩一九八五

天の原　振り放け見れば　大君の　**御寿は長く**〔御壽者長久〕　天足らしたり　　　②一四七・倭大后

たく縄の　長き命を〔栲縄之　長命〕　欲りしくは　絶えずて人を　見まく欲りこそ　　　④七〇四・巫部麻蘇娘子

栲縄の　長き命を〔栲縄之　永命平〕　欲りしくは　絶えずて人を　見まく欲りこそ

栲縄の　長き命を〔栲縄之　永命平〕

何せむに　**命をもとな　長く欲りせむ**〔命本名　永欲為〕　生きけれども　我が思ふ妹に　やすく逢はなくに　　　⑪二三五八・柿本人麻呂歌集

80

白真弓　石辺の山の　**常磐なる**　**命なれやも**〔常石有　命哉〕　恋ひつつ居らむ
（⑪二四四四・柿本人麻呂歌集）

恋ひつつも　後も逢はむと　思へこそ　**己が命を**　**長く欲りすれ**〔己命乎　長欲為礼〕　（⑫二八六八）

うつせみの　**命を長く**〔命平長〕　ありこそと　留まれる我は　斎ひて待たむ　（⑬三二九二）

命に向く

直に逢ひて　見てばのみこそ　たまきはる　**命に向かふ**〔命向〕　我が恋止まめ　（④六七八・中臣女郎）

たまきはる　**命に向かひ**〔命向〕　恋ひむゆは　君がみ舟の　梶柄にもが　（⑧一四五五）

よそ目にも　君が姿を　見てばこそ　我が恋止まめ　命死なずは　一に云ふ「**命に向かふ**〔壽向〕　我が恋止まめ」
（⑫二八八三）

まそ鏡　直目に君を　見てばこそ　**命に向かふ**〔命對〕　我が恋止まめ　（⑫二九七九）

命全し

我が命の　**全けむ限り**〔吾命之　将レ全牟限〕　忘れめや　いや日に異には　思ひ増すとも（④五九五・笠女郎）

あらたまの　年の緒長く　かく恋ひば　**まこと我が命**　**全からめやも**〔信吾命　全有目八面〕　（⑫二八九一）

命をし　**全くしあらば**〔伊能知乎之　麻多久之安良婆〕　ありきぬの　ありて後にも　逢はざらめやも　一に云ふ「ありての後も」　（⑮三七四一・中臣宅守）

命惜し

うつせみの　**命を惜しみ**〔命乎惜美〕　波に濡れ　伊良虞の島の　玉藻刈り食む　（①二四・麻績王）

……老よし男は　かくのみならし　たまきはる　**命惜しけど**〔伊能知遠志家騰〕　せむすべもなし

（⑤八〇四・山上憶良）

かくのみし　恋ひし渡れば　たまきはる　**命**（いのち）**も我**（あれ）**は　惜**（を）**しけくもなし**〔命毛吾波　惜雲奈師〕

（⑨一七六九・抜気大首）

霊ぢはふ　神も我をば　打棄てこそ　**しゑや命**（いのち）**の　惜**（を）**しけくもなし**〔四恵也壽之　恡無〕

（⑪二六六一）

君に逢はず　久しくなりぬ　玉の緒の　**長**（なが）**き命**（いのち）**の　惜**（を）**しけくもなし**〔長命之　惜雲無〕

（⑫三〇八二）

我妹子に　恋ふるに我は　たまきはる　**短**（みじか）**き命**（いのち）**も　惜**（を）**しけくもなし**〔美自可伎伊能知毛　乎之家久母奈思〕

（⑮三七四四・中臣宅守）

我（わ）**が命**（いのち）**は　惜**（を）**しくもあらず**〔吾命者　惜雲不レ有〕　さにつらふ　君によりてぞ　長く欲りせし　（⑯三八一三）

……恋ふるにし　心は燃えぬ　たまきはる　**命惜**（いのちを）**しけど**〔伊乃知乎之家騰〕　せすむすべの　たどきを知らに……

（⑰三九六二・大伴家持）

……思ほしき　言も通はず　たまきはる　**命惜**（いのちを）**しけど**〔伊能知乎之家登〕　せむすべの　たどきを知らに……

（⑰三九六九・大伴家持）

……八重波に　なびく玉藻の　節の間も　**惜**（を）**しき命**（いのち）**を**〔惜命乎〕　露霜の　過ぎましにけれ……

（⑲四二一一・大伴家持）

はかなき命（いのち）

倭文たまき　**数**（かず）**にもあらぬ　命**（いのち）**もて**〔数二毛不レ有　壽持〕　なにかここだく　我が恋ひ渡る

（④六七二・阿倍虫麻呂）

水沫（みなわ）**なす　もろき命**（いのち）**も**〔水沫奈須　微命母〕　栲縄の　千尋にもがと　願ひ暮らしつ

（⑤九〇二・山上憶良）

かくしつつ　あらくを良みぞ　たまきはる　**短き命を**〔短命乎〕　長く欲りする　（⑥九七五・阿倍広庭）

水の上に　数書くごとき　我が命〔水上　如二数書一　吾命〕　妹に逢はむと　うけひつるかも
（⑪二四三三・柿本人麻呂歌集）

月草の　仮なる命に〔月草之　借有命〕　ある人を　いかに知りてか　後も逢はむと言ふ　（⑪二七五六）

後つひに　妹に逢はむと　**朝露の　命は生けり**〔旦露之　命者生有〕　恋は繁けど　（⑫三〇四〇）

家にても　**たゆたふ命**〔多由多敷命〕　波の上に　思ひし居れば　奥か知らずも　一に云ふ「浮きてし居れば」
（⑰三八九六・大伴家持）

ありさりて　後も逢はむと　思へこそ　**露の命も**〔都由能伊乃知母〕　継ぎつつ渡れ　（⑰三九三三・平群郎女）

その他・命

終へむ命〔終命〕　ここは思はず　ただしくも　妹に逢はざる　ことをしそ思ふ　（⑫二九二〇）

……そを知らむ　よしのなければ　夏麻引く　**命かたまけ**〔命方貯〕　刈り薦の　心もしのに……
（⑬三二五五）

己がをを　おほにな思ひそ〔於能我乎遠　於保尓奈於毛比曽〕　庭に立ち　笑ますがからに　駒に逢ふものを
（⑭三五三五）

我妹子が　形見の衣　なかりせば　何物もてか　**命継がまし**〔伊能知都我麻之〕　（⑮三七三三・中臣宅守）

命あらば〔伊能知安良婆〕　逢ふこともあらむ　我が故に　はだな思ひそ　**命だに経ば**〔伊能知多尓敝波〕
（⑮三七四五・狭野弟上娘子）

我が背子が　帰り来まさむ　時のため　**命残さむ**〔伊能知能己佐牟〕　忘れたまふな

（⑮三七七四・狭野弟上娘子）

玉(たま)の緒(を)

玉(たま)の緒(を)を　**沫緒(あはを)に搓(よ)りて**　**結(むす)べらば**〔玉緒乎　沫緒二縒而　結有者〕ありて後にも　逢はざらめやも

（④七六三・紀女郎）

狂言か　人の言ひつる　**玉(たま)の緒(を)の**　**長(なが)くと君(きみ)は**〔玉緒乃　長登君者〕言ひてしものを　（⑬三三三四）

葬儀

輿(こし)

……白たへに　舎人装ひて　和束山　**御輿(みこし)立(た)たして**〔御輿立之而〕ひさかたの　天知らしぬれ……

（③四七五・大伴家持）

白栲(しろたへ)の衣(ころも)

……使はしし　御門の人も　**白(しろ)たへの**　**麻衣(あさごろも)着(き)て**〔白妙乃　朝衣著〕埴安の　御門の原に……

（②一九九・柿本人麻呂）

……泣く涙　こさめに降れば　**白(しろ)たへの**　**衣(ころも)ひづちて**〔白妙之　衣遅漬而〕立ち留まり　我に語らく……

（②二三〇・笠金村歌集）

……たもとほり　ただひとりして　**白(しろ)たへの**　**衣手(ころもで)干(ほ)さず**〔白細之　衣袖不レ干〕嘆きつつ　我が泣く涙……

（③四六〇・大伴坂上郎女）

第三部　死

……逆言の　狂言とかも　**白**(しろ)**たへに**　**舎人**(とねり)**装ひて**【白細尓　舎人装束而】　和束山　御輿立たして……

（③四七五・大伴家持）

かけまくも　あやに恐し　我が大君　皇子の命　もののふの　八十伴の緒を　召し集へ　あともひたまひ　朝狩に　鹿猪踏み起こし　夕狩に　鶉雉踏み立て　大御馬の　口抑へとめ　御心を　見し明らめし　活道山　木立の茂に　咲く花も　うつろひにけり　世間は　かくのみならし　ますらをの　心振り起こし　剣大刀　腰に取り佩き　梓弓　靫取り負ひて　天地と　いや遠長に　万代に　かくしもがもと　頼めりし　皇子の御門の　五月蠅なす　騒く舎人は　**白**(しろ)**たへに**　**衣**(ころも)**取り着て**【白栲尓　服取著而】　常なりし　笑まひ振舞　いや日異に　変はらふ見れば　悲しきろかも

（③四七八・大伴家持）

かけまくも　あやに恐し　藤原の　都しみみに　人はしも　満ちてあれども　君はしも　多くいませど　行き向ふ　年の緒長く　仕へ来し　君が御門を　天のごと　仰ぎて見つつ　畏けど　思ひ頼みて　いつしかも　日足らしまして　望月の　たたはしけむと　我が思ふ　皇子の命は　春されば　植ゑ槻が上の　遠つ人　松の下道ゆ　登らして　国見遊ばし　九月の　しぐれの秋は　大殿の　みぎりしみみに　露負ひて　なびける萩を　玉だすき　かけて偲はし　み雪降る　冬の朝は　刺し楊　根張り梓を　大御手に　取らしたまひて　遊ばしし　我が大君を　煙立つ　春の日暮らし　まそ鏡　見れど飽かねば　万代に　かくしもがもと　大舟の　頼める時に　泣く我が　目かも迷へる　大殿を　振り放け見れば　**白**(しろ)**たへに**　**飾り奉りて**【白細布　飾奉而】　うちひさす　宮の舎人も　〔一に云ふ「は」〕　たへの穂に　**麻衣著れば**(あさぎぬけ)　**白**(しろ)**たへに**【麻衣服者】　夢かも　現かもと　曇り夜の　迷へる間に　あさもよし　城上の道ゆ　つのさはふ　磐余を見つつ　神葬り　葬り奉れば　行く道の　たづきを知らに　思へども　験をなみ　嘆けども　奥かをなみ　大御袖　行き触れし松を　言問はぬ　木にはありとも　あらたまの　立つ月ごとに　天の原

I 和歌編

……天皇の 神の皇子の 出でましの **手火の光そ**〔手火之光曽〕 ここだ照りたる （②二三〇・笠金村歌集）

振り放け見つつ 玉だすき かけて偲はな 恐くありとも （⑬三三二四）

手火（たひ）

玉・花（遺骨） → 「忌避（玉乱る）」参照

……灰（はひ）

……なづみ来し 良けくもぞなき うつそみと 思ひし妹が **灰にていませば**〔灰而座者〕 （②二一三・柿本人麻呂）

玉梓の **妹は花かも**〔妹者花甕〕 あしひきの この山陰に 撒けば失せぬる （⑦一四一六）

玉梓の **妹は玉かも**〔妹者珠可毛〕 あしひきの 清き山辺に 撒けば散りぬる （⑦一四一五）

鏡なす 我が見し君を 阿婆の野の 花橘の **玉に拾ひつ**〔玉尓拾都〕 （⑦一四〇四）

葬る（はぶる）

……言さへく 百済の原ゆ **神葬り 葬りいませて**〔神葬 葬伊座而〕 あさもよし 城上の宮を…… （②一九九・柿本人麻呂）

……つのさはふ 磐余を見つつ **神葬り 葬り奉れば**〔神葬 葬奉者〕 行く道の たづきを知らに…… （⑬三三二四）

伏す（ふす）（匍匐儀礼）

……鹿じもの **い這ひ伏しつつ**〔伊波比伏管〕 ぬばたまの 夕に至れば 大殿を 振り放け見つつ 鶉なす い

遣(は)ひもとほり〔伊波比廻〕……（②一九九・柿本人麻呂）

……夜はも　夜のことごと　**臥(ふ)し居(ゐ)嘆(なげ)けど**〔臥居雖レ嘆〕　飽き足らぬかも　（②二〇四・置始東人）

撒(ま)く〔散骨〕

秋津野を　人のかくれば　**朝撒(あさま)きし**〔朝蒔〕　君が思ほえて　嘆きは止まず　（⑦一四〇五）

玉梓の　妹は玉かも　あしひきの　清き山辺に　**撒(ま)けば散(ち)りぬる**〔蒔散染〕　（⑦一四一五）

玉梓の　妹は花かも　あしひきの　この山陰に　**撒(ま)けば失(う)せぬる**〔麻氣者失留〕　（⑦一四一六）

道来(みちく)る人(ひと)

……燃ゆる火を　何かと問へば　玉梓の　**道来(みちく)る人(ひと)の**〔道来人之〕　泣く涙　こさめに降れば……

（②二三〇・笠金村歌集）

喪(も)

……平らけく　安くもあらむを　事もなく　**喪(も)なくもあらむを**〔裳無母阿良牟遠〕　世間の　憂けく辛けく……

（⑤八九七・山上憶良）

……造り置ける　故縁聞きて　知らねども　**新喪(にひも)のごとも**〔新喪之如毛〕　音泣きつるかも

（⑨一八〇九・高橋虫麻呂歌集）

……安けくも　なく悩み来て　今だにも　**喪(も)なく行(ゆ)かむと**〔毛奈久由可牟〕　壱岐の海人の　ほつての占部を……

（⑮三六九四・六鯖）

旅にても　**喪(も)なくはや来(こ)と**〔母奈久波也許登〕　我妹子が　結びし紐は　なれにけるかも　（⑮三七一七）

殯宮(もがりのみや)

I 和歌編

哀悼

……出でまして　遊びたまひし　御食向かふ　城上の宮を　**常宮**と〔常宮跡〕　定めたまひて……
（②一九六・柿本人麻呂）

……我が大君　皇子の御門を　一に云ふ「さす竹の　皇子御門を」　**神宮**に〔神宮尓〕　装ひまつりて……あさもよし　城上の宮を　**常宮**と〔常宮等〕　高くしたてて……

……泣く我　目かも迷へる　**大殯**の〔大荒城乃〕　時にはあらねど　雲隠ります
（③四四一・倉橋部女王）

大君の　命恐み　**大殿**を〔大殿矣〕　振り放け見れば　白たへに　飾り奉りて……
（⑬三三二四）

……つれもなき　城上の宮に　**大殿**を〔大殿乎〕　仕へ奉りて　殿隠り　隠りいませば……
（⑬三三二六）

……いかさまに　思ほしめせか　つれもなき　**真弓の岡**に〔真弓乃岡尓〕　宮柱　太敷きいまし……
（②一六七・柿本人麻呂）

……出でまして　遊びたまひし　御食向かふ　**城上の宮**を〔木㲼之宮乎〕　常宮と　定めたまひて……
（②一九六・柿本人麻呂）

……神葬り　葬りいませて　あさもよし　**城上の宮**を〔木上宮乎〕　常宮と　高くしたてて……
（②一九九・柿本人麻呂）

……つれもなき　**城上の宮**に〔城上宮尓〕　大殿を　仕へ奉りて　殿隠り　隠りいませば……
（⑬三三二六）

殯宮（個別地名）

88

第三部　死

生けるすべなし・生けりともなし

衾道を　引出の山に　妹を置きて　山路を行けば　生けりともなし〔生跡毛無〕
（②二二一・柿本人麻呂）

衾道を　引出の山に　妹を置きて　山路思ふに　生けるともなし〔生刀毛無〕
（②二二五・柿本人麻呂）

天ざかる　鄙の荒野に　君を置きて　思ひつつあれば　生けるともなし〔生刀毛無〕
（②二二七・柿本人麻呂）

御食向かふ　淡路の島に　直向かふ　敏馬の浦の　沖辺には　深海松採り　浦回には　なのりそ刈る　深海松の　見まく欲しけど　なのりその　己が名惜しみ　間使ひも　遣らずて我は　生けりともなし〔生友奈重二〕
（⑥九四六・山部赤人）

ねもころに　片思すれか　このころの　我が心どの　生けるともなき〔生戸裳名寸〕
（⑪二五二五）

百代しも　千代しも生きて　あらめやも〔百世下生　千代下生　有目八方〕
（⑪二六〇〇）

恋ひ恋ひて　後も逢はむと　慰もる　心しなくは　生きてあらめやも〔五十寸手有目八面〕
（⑫二九〇四）

まそ鏡　見飽かぬ妹に　逢はずして　月の経ぬれば　生けりともなし〔生友名師〕
（⑫二九八〇）

忘れ草　我が紐に付く　時となく　思ひ渡れば　生けりともなし〔生跡文奈思〕
（⑫三〇六〇）

うつせみの　人目を繁み　逢はずして　年の経ぬれば　生けりともなし〔生跡文奈思〕
（⑫三一〇七）

まそ鏡　手に取り持ちて　見れど飽かぬ　君に後れて　生けりともなし〔生跡毛奈思〕
（⑫三一八五）

玉だすき　かけぬ時なく　我が思ふ　妹にし逢はねば　あかねさす　昼はしみらに　ぬばたまの　夜はすがらに　眠も寝ずに　妹に恋ふるに　**生けるすべなし**〔生流為便無〕
（⑬三二九七）

草枕　この旅の日に　妻離り　家道思ふに　**生けるすべなし**〔生為便無〕或本の歌に曰く「旅の日にして」

（⑬三三四七）

白玉の　見が欲し君を　見ず久に　鄙にし居れば　**生(い)けるともなし**〔伊家流等毛奈之〕（⑲四一七〇・大伴家持）

悲(かな)し

やすみしし　我が大君の　夕されば　見したまふらし　明け来れば　問ひたまふらし　神岡の　山の黄葉を　今日もかも　問ひたまはまし　明日もかも　見したまはまし　その山を　振り放け見つつ　夕されば　**あやに哀しみ**〔綾哀〕　明け来れば　うらさび暮らし　あらたへの　衣の袖は　乾る時もなし　（②一五九・持統天皇）

我が御門　千代とことばに　栄えむと　思ひてありし　**我(われ)し悲(かな)しも**〔吾志悲毛〕（②一八三・皇子尊宮舎人）

朝日照る　島の御門に　おほほしく　人音もせねば　**まうら悲(がな)しも**〔真浦悲毛〕（②一八九・皇子尊宮舎人）

……然れかも　一に云ふ「そこをしも」　**あやに哀(かな)しみ**〔綾尓憐〕　ぬえ鳥の　片恋づま　一に云ふ「しつつ」……（②一九六・柿本人麻呂）

風早の　三穂の浦回の　白つつじ　見れどもさぶし　なき人思へば　あるいは云ふ「**見(み)れば悲(かな)しも**〔見者悲霜〕　なき人思ふに」　（③四三四・河辺宮人）

行くさには　二人我が見し　この崎を　ひとり過ぐれば　**心悲(こころがな)しも**〔情悲喪〕　一に云ふ「見もさかず来ぬ」（③四五〇・大伴旅人）

見れど飽かず　いまししし君が　もみち葉の　移りい行けば　**悲(かな)しくもあるか**〔悲喪有香〕（③四五九・県犬養人上）

……常なりし　笑まひ振舞　いや日異に　変はらふ見れば　**悲(かな)しきろかも**〔悲呂可聞〕　（③四七八・大伴家持）

もみち葉の　過ぎにし児らと　携はり　遊びし磯を　**見(み)れば悲(かな)しも**〔見者悲裳〕　（⑨一七九六）

古の　ますら男の　相競ひ　妻問ひしけむ　葦屋の　菟原処女の　奥つ城を　我が立ち見れば　永き世の　語りに

しつつ　後人の　偲ひにせむと　玉桙の　道の辺近く　岩構へ　作れる塚を　天雲の　そきへの極み　この道を行く人ごとに　行き寄りて　い立ち嘆かひ　或る人は　音にも泣きつつ　語り継ぎ　偲ひ継ぎ来る　処女らが　奥つ城所　我さへに　**見れば悲しも**〔見者悲喪〕　古思へば　（⑨一八〇一・田辺福麻呂歌集）

ま幸くと　言ひてしものを　白雲に　立ちたなびくと　**聞けば悲しも**〔伎氣婆可奈思物〕（⑰三九五八・大伴家持）

……遠音にも　**聞けば悲しみ**〔聞者悲弥〕　にはたづみ　流るる涙　留めかねつも　（⑲四二一四・大伴家持）

偲ひ（名詞）・**偲ふ・偲ふ**

……天地の　いや遠長く　**偲ひ行かむ**〔思将ㇾ往〕　御名にかかせる　明日香川　万代までに……

（②一九六・柿本人麻呂）

……天のごと　振り放け見つつ　玉だすき　**かけて偲はむ**〔懸而将ㇾ偲〕　恐くありとも（②一九九・柿本人麻呂）

直に逢はば　逢ひかつましじ　石川に　雲立ち渡れ　**見つつ偲はむ**〔見乍将ㇾ偲〕　（②二二五・依羅娘子）

高円の　野辺の秋萩　な散りそね　君が形見に　**見つつ偲はむ**〔見菅思奴幡武〕　（②二三三・笠金村歌集）

秋さらば　**見つつしのへと**〔見乍思跡〕　妹が植ゑし　やどのなでしこ　咲きにけるかも　（③四六四・大伴家持）

うつせみの　世は常なしと　知るものを　秋風寒み　**偲びつるかも**〔思努妣都流可聞〕　（③四六五・大伴家持）

……我妹子と　さ寝しつま屋に　朝には　**出で立ち偲ひ**〔出立偲〕　夕には　入り居嘆かひ……

（③四八一・高橋朝臣）

……後人の　**偲ひにせむと**〔偲尓世武等〕　玉桙の　道の辺近く……語り継ぎ　**偲ひ継ぎ来る**〔偲継来〕……

（⑨一八〇一・田辺福麻呂歌集）

……玉だすき　**かけて偲はし**〔懸而所ㇾ偲〕　み雪降る　冬の朝は……玉だすき　**かけて偲はな**〔懸而思名〕　恐

くありとも　（⑬三三二四）

白雲の　たなびく国の　青雲の　向伏す国の　天雲の　下なる人は　我のみかも　君に恋ふらむ　我のみかも　君に恋ふれば　天地に　言を足らはし　恋ふれかも　胸の病みたる　思へかも　心の痛き　我が恋ぞ　日に異に増さる　何時はしも　恋ひぬ時とは　あらねども　この九月を　我が背子が　**偲ひにせよと**　**千代にも**　**偲ひ渡れと**〔偲丹為与得　千世尓物　偲渡登〕　万代に　語り継がへと　始めてし　この九月の　過ぎまくを　いたもすべなみ　あらたまの　月の変はらば　せむすべの　たどきを知らに　岩が根の　こごしき道の　岩床の　根延へる門に　朝には　出で居て嘆き　夕には　入り居恋ひつつ　ぬばたまの　黒髪敷きて　人の寝る　熟睡は寝ずに　大舟の　ゆくらゆくらに　思ひつつ　我が寝る夜らは　数みもあへぬかも　（⑬三三二九）

志賀の山　いたくな伐りそ　荒雄らが　よすかの山と　**見つつ偲はむ**〔見菅将㆑偲〕（⑯三八六二・一云山上憶良）

……いや遠に　**偲ひにせよと**〔思努比尓勢餘等〕　黄楊小櫛　然刺しけらし　生ひてなびけり

（⑲四二一一・大伴家持）

延ふ葛の　**絶えず偲はむ**〔多要受之努波牟〕　大君の　見しし野辺には　標結ふべしも（⑳四五〇九・大伴家持）

すべなし

……慰もる　心もあらず　そこ故に　**せむすべ知れや**〔為便知之也〕　音のみも　名のみも絶えず……

（②一九六・柿本人麻呂）

……言はむすべ　**せむすべ知らに**〔世武為便不㆑知尓〕　音のみを　聞きてありえねば……

（②二〇七・柿本人麻呂）

……昼はも　うらさび暮らし　夜はも　息づき明かし　嘆けども　**せむすべ知らに**〔世武為便不㆑知尓〕……

第三部　死

……昼は　うらさび暮らし　夜は　息づき明かし　嘆けども　**せむすべ知らに**〔為便不ㇾ知〕……　(②二一〇・柿本人麻呂)

岩戸割る　手力もがも　手弱き　女にしあれば　**すべの知らなく**〔為便乃不ㇾ知苦〕　(②二二三・柿本人麻呂)

君に恋ひ　隠りましぬれ　葦鶴の　音のみし泣かゆ　朝夕にして　(③四一九・手持女王)

……夕闇と　隠りましぬれ　**言はむすべ　せむすべ知らに**〔将ㇾ言為便　将ㇾ為須敵不知尓〕　たもとほり　ただひとりして……　(③四六〇・大伴坂上郎女)

……言ひも得ず　名付けも知らず　跡もなき　世間なれば　**せむすべもなし**〔将ㇾ為須辨毛奈思〕　(③四六六・大伴家持)

……ひさかたの　天知らしぬれ　こいまろび　ひづち泣けども　**せむすべもなし**〔将ㇾ為須便毛奈思〕　(③四七五・大伴家持)

……うちなびき　臥やしぬれ　**言はむすべ　せむすべ知らに**〔伊波牟須弊　世武須弊斯良尓〕　石木をも　問ひ放け知らず……　(⑤七九四・山上憶良)

……老よし男は　かくのみならし　たまきはる　命惜しけど　**せむすべもなし**〔世武周弊母奈斯〕　(⑤八〇四・山上憶良)

……にふふかに　覆ひ来ぬれば　**せむすべの　たどきを知らに**〔世武須便乃　多杼伎乎不之良尓〕　白たへの　たす……　(⑤九〇四・山上憶良)

……過ぎまくを　**いたもすべなみ**〔伊多母為便無見〕　あらたまの　月の変はらば　**せむすべの　たどきを知らに**

93

I 和歌編

〔将レ為須部乃　田度伎乎不レ知〕　岩が根の　こごしき道の……　⑬三三二九

……恋ふるにし　心は燃えぬ　たまきはる　命惜しけど　隠り居て　思ひ嘆かひ……　⑰三九六二・大伴家持

〔将レ言便　将レ作為便不レ知尓〕　〔世牟須辨能　多騰伎乎平之良尓〕　〔勢牟須辨能　多騰吉乎不レ知尓〕　〔世牟須辨能　多騰伎平之

……たまきはる　命惜しけど　たまきはる　命惜しけど……　⑰三九六九・大伴家持

……思ひしに　心違ひぬ　**言はむすべ　せむすべ知らに**　木綿だすき　肩に取り掛け……　⑲四二三六

現にと　思ひてしかも　夢のみに　手本まき寝と　**見ればすべなし**　〔見者須便奈之〕　⑲四二三七

嘆き（名詞）・嘆く

離れ居て　我が恋ふる君　玉ならば　手に巻き持ちて……　②一五〇・婦人

朝ぐもり　日の入り行けば　み立たしの　島に下り居て　**嘆きつるかも**　〔嘆鶴鴨〕　②一八八・皇子尊宮舎人

……春鳥の　さまよひぬれば　**嘆きも**　〔嘆毛〕　いまだ過ぎぬに　思ひも　いまだ尽きねば……　②一九九・柿本人麻呂

……昼はも　日のことごと　夜はも　夜のことごと　**臥し居嘆けど**　〔臥居雖レ嘆〕　飽き足らぬかも　②二〇四・置始東人

……夜はも　息づき明かし　**嘆けども**　〔嘆友〕　せむすべ知らに　恋ふれども　逢ふよしをなみ……　②二一〇・柿本人麻呂

……夜は　息づき明かし　**嘆けども**　〔雖レ嘆〕　せむすべ知らに　恋ふれども　逢ふよしをなみ……

94

（②二一三・柿本人麻呂）

川風の　寒き長谷を　**嘆(なげ)きつつ**〔歎乍〕　君があるくに　似る人も逢へや　（③四二五・山前王）

……白たへの　衣手干さず　**嘆(なげ)きつつ**〔嘆乍〕　我が泣く涙　有間山　雲居たなびき　雨に降りきや
（③四六〇・大伴坂上郎女）

……朝には　出で立ち偲ひ　夕には　**入り居(ゐ)嘆(なげ)かひ**〔入居嘆會〕　わきばさむ　子の泣くごとに……
（③四八一・高橋朝臣）

大野山　霧立ち渡る　**我(わ)が嘆(なげ)く**〔和何那宜久〕　おきその風に　霧立ち渡る　（⑤七九九・山上憶良）

……伏し仰ぎ　**胸(むね)打(う)ち嘆(なげ)き**〔武祢宇知奈氣吉〕　手に持てる　我が子飛ばしつ　世間の道
（⑤九〇四・山上憶良）

琴取れば　**嘆(なげ)き先立(さきだ)つ**〔嘆先立〕　けだしくも　琴の下樋に　妻や隠れる　（⑦一一二九）

秋津野を　人のかくれば　朝撒きし　君が思ほえて　**嘆(なげ)きは止(や)まず**〔嗟歯不レ病〕　（⑦一四〇五）

……行き寄りて　**い立(た)ち嘆(なげ)かひ**〔射立嘆日〕　或る人は　音にも泣きつつ　語り継ぎ　偲ひ継ぎ来る……
（⑨一八〇一・田辺福麻呂歌集）

……あぢさはふ　夜昼知らず　かぎろひの　心燃えつつ　**嘆(なげ)き別(わか)れぬ**〔悲悽別焉〕
（⑨一八〇四・田辺福麻呂歌集）

……思へども　験をなみ　**嘆(なげ)けども**〔雖レ歎〕　奥かをなみ　大御袖　行き触れし松を……
（⑬三三二四）

……岩床の　根延へる門に　朝には　**出(い)で居(ゐ)て嘆(なげ)き**〔出座而嘆〕　夕には　入り居恋ひつつ……
（⑬三三二九）

……思ふ空　安けなくに　**嘆(なげ)く空(そら)**〔嘆空〕　安けなくに　衣こそば　それ破れぬれば……
（⑬三三三〇）

Ⅰ 和歌編

……丈足らず　**八尺(やさか)の嘆(なげ)き**　嘆(なげ)けども〔八尺乃嘆　嘆友〕　験をなみと　いづくにか　君がまさむと……
⑬三三四四

……はしきよし　君はこのころ　うらさびて　**嘆(なげ)かひいます**〔嘆息伊麻須〕　世間の　憂けく辛けく……
⑲四二一四・大伴家持

遠音にも　**君が嘆(なげ)くと**〔君之痛念跡〕　聞きつれば　音のみし泣かゆ　相思ふ我は
⑲四二一五・大伴家持

音(ね)泣(な)く

やすみしし　わご大君の　恐きや　御陵仕ふる　山科の　鏡の山に　夜はも　夜のことごと　昼はも　日のことごと　**音(ね)のみを　泣きつつありてや**〔哭耳呼　泣乍在而哉〕　ももしきの　大宮人は　行き別れなむ
②一五五・額田王

……なにしかも　もとなとぶらふ　聞けば　**音のみし泣かゆ**〔泣耳師所ヽ哭〕　語れば　心そ痛き……
②二三〇・笠金村歌集

君に恋ひ　いたもすべなみ　**葦鶴(あしたづ)の　音のみし泣かゆ**〔蘆鶴之　哭耳所ヽ泣〕　朝夕にして
③四五六・余明軍

みどり子の　這ひたもとほり　朝夕に　**音のみそ我が泣く**〔哭耳曽吾泣〕　君なしにして
③四五八・余明軍

……男じもの　負ひみ抱きみ　**朝鳥(あさとり)の　音のみし泣きつつ**〔朝鳥之　啼耳哭菅〕　恋ふれども　験をなみと……
③四八一・高橋朝臣

……**朝鳥(あさとり)の　音(ね)のみし泣(な)かむ**〔朝鳥之　啼耳鳴六〕　我妹子に　今また更に　逢ふよしをなみ
③四八三・高橋朝臣

……見つつあれば　心は燃えぬ　かにかくに　思ひ煩ひ　**音(ね)のみし泣(な)かゆ**〔祢能尾志奈可由〕
⑤八九七・山上憶良

慰むる　心はなしに　雲隠り　**鳴き行く鳥の　音のみし泣かゆ**〔鳴往鳥乃　祢能尾志奈可由〕
（⑤八九八・山上憶良）

……行き寄りて　い立ち嘆かひ　或る人は　**音にも泣きつつ**〔啼尓毛哭乍〕　語り継ぎ　偲ひ継ぎ来る……
（⑨一八〇一・田辺福麻呂歌集）

……葦垣の　思ひ乱れて　**春鳥の　音のみ泣きつつ**〔春鳥能　啼耳鳴乍〕　あぢさはふ　夜昼知らず……
（⑨一八〇四・田辺福麻呂歌集）

……造り置ける　故縁聞きて　知らねども　新喪のごとも　**音泣きつるかも**〔哭泣鶴鴨〕
（⑨一八〇九・高橋虫麻呂歌集）

葦屋の　菟原処女の　奥つ城を　行き来と見れば　**音のみし泣かゆ**〔哭耳之所レ泣〕
（⑨一八一〇・高橋虫麻呂歌集）

……思へども　道の知らねば　一人居て　君に恋ふるに　**音のみし泣かゆ**〔哭耳思所レ泣〕
（⑬三三四四）

遠音にも　君が嘆くと　聞きつれば　**音のみし泣かゆ**〔哭耳所レ泣〕　相思ふ我は
（⑲四二一五・大伴家持）

大君の　継ぎて見すらし　高円の　野辺見るごとに　**音のみし泣かゆ**〔祢能未之奈可由〕
（⑳四五一〇・甘南備伊香真人）

葬地（死地）・墓

秋山（あきやま）

秋山（あきやま）の〔秋山之〕　黄葉をしげみ　惑ひぬる　妹を求めむ　山路知らずも　一に云ふ「道知らずして」
（②二〇八・柿本人麻呂）

秋山（あきやま）の〔秋山〕　黄葉あはれと　うらぶれて　入りにし妹は　待てど来まさず　（⑦一四〇九）

荒（あら）き島根（しまね）・荒床（あらどこ）・荒波（あらなみ）・荒野（あらの）・荒山中（あらやまなか）・荒磯（ありそ）　→「荒野」「荒磯」は「形見」参照

……かぎろひの　**もゆる荒野（あらの）に**〔燎流荒野尓〕　白たへの　天領巾隠り　鳥じもの　朝立ちいまして……
（②二一〇・柿本人麻呂）

……かぎるひの　**もゆる荒野（あらの）に**〔燎流荒野尓〕　白たへの　天領巾隠り　鳥じもの　朝立ちい行きて……
（②二一三・柿本人麻呂）

……しきたへの　枕になして　**荒床（あらどこ）に**〔荒床〕　ころ臥す君が　家知らば　行きても告げむ……
（②二二〇・柿本人麻呂）

沖つ波　**来寄（きよ）する荒磯（ありそ）を**〔来依荒磯乎〕　しきたへの　枕とまきて　寝せる君かも　（②二二二・柿本人麻呂）

荒波（あらなみ）に〔荒浪尓〕　寄り来る玉を　枕に置き　我ここにありと　誰か告げけむ　（②二二六・丹比真人某）

天ざかる　**鄙（ひな）の荒野（あらの）に**〔夷之荒野尓〕　君を置きて　思ひつつあれば　生けるともなし　（②二二七）

あしひきの　**荒山中（あらやまなか）に**〔荒山中尓〕　送り置きて　帰らふ見れば　心苦しも　（⑨一八〇六・田辺福麻呂歌集）

家人の　待つらむものを　つれもなき　**荒磯（ありそ）をまきて**〔荒磯矣巻而〕　伏せる君かも　（⑬三三四一）

……大和をも　遠く離りて　岩が根の　**荒（あら）き島根（しまね）に**〔安良伎之麻祢尓〕　宿りする君　（⑮三六八八）

岩城（いはき）

事しあらば　小泊瀬山の　**石城（いはき）にも**〔石城尓母〕　隠らば共に　な思ひ我が背　（⑯三八〇六）

第三部　死

岩戸

豊国の　鏡の山の　**岩戸立て**〔石戸立〕　隠りにけらし　待てど来まさず　（③四一八・手持女王）

岩戸割る〔石戸破〕　手力もがも　手弱き　女にしあれば　すべの知らなく　（③四一九・手持女王）

巌・岩根

かくばかり　恋ひつつあらずは　**高山の　岩根しまきて**〔高山之　磐根四巻手〕　死なましものを　（②八六・磐姫皇后）

逆言の　狂言とかも　**高山の　巌の上に**〔高山之　石穂乃上尓〕　君が臥やせる　（③四二一・丹生王）

浦ぶち

……高山を　隔てに置きて　**浦ぶちを**〔汭潭矣〕　枕にまきて　うらもなく　伏したる君は……　（⑬三三三九）

浦ぶちに〔汭潭〕　伏したる君を　今日今日と　来むと待つらむ　妻し悲しも　（⑬三三四二）

沖つ藻

……高山を　隔てになして　**沖つ藻を**〔奥津麻〕　枕になし　蛾羽の　衣だに着ずに……　（⑬三三三六）

奥つ城

……勝鹿の　真間の手児名が　**奥つきを**〔奥槨乎〕　こことは聞けど　真木の葉や　茂りたるらむ……　（③四三一・山部赤人）

我も見つ　人にも告げむ　勝鹿の　真間の手児名が　**奥つき処**〔奥津城處〕　（③四三二・山部赤人）

昔こそ　外にも見しか　我妹子が　**奥つきと思へば**〔奥槨常念者〕　愛しき佐保山　（③四七四・大伴家持）

……葦屋の　菟原処女の　**奥つ城を**〔奥城矣〕　我が立ち見れば……処女らが　**奥つ城所**〔奥城所〕　我さへに

見れば悲しも　古思へば　（⑨一八〇一・田辺福麻呂歌集）

古の　小竹田壮士の　妻問ひし　菟原処女の　**奥（おく）つ城（き）ぞこれ**〔奥城叙此〕（⑨一八〇二・田辺福麻呂歌集）

……波の音の　さわく湊の　**奥（おく）つ城（き）に**〔奥津城尓〕　妹が臥やせる　遠き代に　ありけることを……（⑨一八〇七・高橋虫麻呂歌集）

葦屋の　菟原処女の　**奥（おく）つ城（き）を**〔奥槨矣〕　行き来と見れば　音のみし泣かゆ　（⑨一八一〇・高橋虫麻呂歌集）

大伴の　遠つ神祖の　**奥（おく）つ城（き）は**〔於久都奇波〕　著く標立て　人の知るべく　（⑱四〇九六・大伴家持）

……露霜の　過ぎましにけれ　**奥（おく）つ城（き）を**〔奥墓乎〕　ここと定めて　後の世の　聞き継ぐ人も……（⑲四二一一・大伴家持）

坂（さか）

……鶏が鳴く　東の国の　恐きや　**神（かみ）のみ坂（さか）に**〔神之三坂尓〕　和たへの　衣寒らに……（⑨一八〇〇・田辺福麻呂歌集）

塚（つか）

……玉桙の　道の辺近く　**岩構（いはかま）へ**　**作（つく）れる塚（つか）を**〔磐構　作冢矣〕　天雲の　そきへの極み……（⑨一八〇一・田辺福麻呂歌集）

沼（ぬま）

……ししくしろ　黄泉に待たむと　**隠（こも）り沼（ぬ）の**〔隠沼乃〕　下延へ置きて　うち嘆き　妹が去ぬれば……（⑨一八〇九・高橋虫麻呂歌集）

墓（はか）

やすみしし　わご大君の　恐きや　**御陵仕ふる**〔御陵奉仕流〕　山科の　鏡の山に……　（②一五五・額田王）

……遠き代に　語り継がむと　**処女墓**〔處女墓〕　中に造り置き　**壮士墓**〔壮士墓〕　このもかのもに……　（⑨一八〇九・高橋虫麻呂歌集）

墓の上の〔墓上之〕　木の枝なびけり　聞きしごと　千沼壮士にし　依りにけらしも　（⑨一八一一・高橋虫麻呂歌集）

浜

……波の音の　**しげき浜辺を**〔茂濱邊乎〕　しきたへの　枕になして　荒床に　ころ臥す君が……　（②二二〇・柿本人麻呂）

……蛾羽の　衣だに着ずに　いさなとり　**海の浜辺に**〔海之浜邊尓〕　うらもなく　臥したる人は……　（⑬三三三六）

浦波の　来寄する浜に〔汭浪　来依濱丹〕　つれもなく　伏したる君が　家道知らずも　（⑬三三四三）

他国

朝露の　消やすき我が身　**他国に**〔比等國尓〕　過ぎかてぬかも　親の目を欲り　（⑤八八五・麻田陽春）

枕　→「忌避（枕く）」参照

……波の音の　しげき浜辺を　しきたへの　**枕になして**〔枕尓為而〕　荒床に　ころ臥す君が……　（②二二〇・柿本人麻呂）

沖つ波　来寄する荒磯を　しきたへの　**枕とまきて**〔枕等巻而〕　寝せる君かも　（②二二二・柿本人麻呂）

荒波に　**寄り来る玉を　枕に置き**〔縁来玉乎　枕尓置〕　我ここにありと　誰か告げけむ（②二二六・丹比真人某）

……沖つ藻を　**枕になし**〔枕所レ為〕　蛾羽の　衣だに着ずに　いさなとり　海の浜辺に……（⑬三三三六）

……浦ぶちを　**枕にまきて**〔枕丹巻而〕　うらもなく　伏したる君は　母父が　愛子にもあらむ……（⑬三三三九）

道

楽浪の　志賀津の児らが　一に云ふ「志賀の津の児が」　罷り道の　**川瀬の道を**〔川瀬道〕　見ればさぶしも
（②二一八・柿本人麻呂）

国遠き　**道の長手を**〔路乃長手遠〕　おほほしく　今日や過ぎなむ　言問ひもなく（⑤八八四・麻田陽春）

……犬じもの　**道に伏してや**〔道尓布斯弖夜〕　命過ぎなむ　一に云ふ「我が世過ぎなむ」（⑤八八六・山上憶良）

……かた灼きて　行かむとするに　夢のごと　**道の空道に**〔美知能蘇良治尓〕　別れする君（⑮三六九四・六鯖）

宮・御門

外に見し　真弓の岡も　君ませば　**常つ御門と**〔常都御門跡〕　侍宿するかも（②一七四・皇子尊宮舎人）

大君の　和魂あへや　豊国の　鏡の山を　**宮と定むる**〔宮登定流〕（③四一七・手持女王）

山

……言問はぬ　ものにはあれど　我妹子が　**入りにし山を**〔入尓之山乎〕　よすかとぞ思ふ（③四八一・高橋朝臣）

うつせみの　世の事なれば　外に見し　**山をや今は**〔山矣耶今者〕　よすかと思はむ（③四八二・高橋朝臣）

……雲離れ　遠き国辺の　露霜の　**寒き山辺に**〔佐牟伎山邊尓〕　宿りせるらむ（⑮三六九一・葛井子老）

もみち葉の　散りなむ山に〔毛美知葉能　知里奈牟山尓〕　宿りぬる　君を待つらむ　人し悲しも
（⑮三六九三・葛井子老）

第三部　死

……個別地名（葬地・墓）

うつそみの　人なる我や　明日よりは　二上山を〔二上山乎〕　弟と我が見む
……恐きや　御陵仕ふる　山科の〔山科乃〕　鏡の山に〔鏡山尓〕　夜はも　夜のことごと……

（②一五五・額田王）

朝日照る　佐田の岡辺に〔佐太乃岡邊尓〕　群れ居つつ　我が泣く涙　やむ時もなし

（②一七四・皇子尊宮舎人）

橘の　島の宮には　飽かねかも　佐田の岡辺に〔佐太乃岡邊尓〕　鳴く鳥の　夜泣き反らふ

（②一七七・皇子尊宮舎人）

朝日照る　佐田の岡辺に〔佐田乃岡邊尓〕　君ませば　常つ御門と　侍宿するかも

（②一七九・皇子尊宮舎人）

つれもなき　佐田の岡辺に〔佐太乃岡邊尓〕　帰り居ば　島の御橋に　誰か住まはむ

（②一八七・皇子尊宮舎人）

とぐら立て　飼ひし雁の子　巣立ちなば　真弓の岡に〔檀岡尓〕　飛び帰り来ね

（②一九二・皇子尊宮舎人）

……けだしくも　逢ふやと思ひて　真弓の岡も〔檀乃岡毛〕　君ませば　常つ御門と　侍宿しに行く　一に云ふ「君も逢ふやと」　玉垂の　越智の大野の〔越能大野之〕　朝露に　玉

裳はひづち……

（②一九四・柿本人麻呂）

しきたへの　袖交へし君　玉垂の　越智野過ぎ行く〔越野過去〕　またも逢はめやも　一に云ふ「越智野に過ぎぬ〔平

（②一九五・柿本人麻呂）

降る雪は　あはにな降りそ　吉隠の〔吉隠之〕　猪養の岡の〔猪養乃岡之〕　寒からまくに

（②二〇三・穂積皇子）

衾道を　引手の山に〔引手乃山尓〕　妹を置きて　山路を行けば　生けりともなし

（②二一二・柿本人麻呂）

……恋ふれども　逢ふよしをなみ　大鳥の　羽易の山に〔大鳥　羽易山尓〕　汝が恋ふる　妹はいますと……

（②二一三・柿本人麻呂）

知野尓過奴〕」

I 和歌編

衾道を **引手の山**に〔引出山〕　妹を置きて　山路思ふに　生けるともなし
（②二一五・柿本人麻呂）

鴨山の〔鴨山之〕　岩根しまける　我をかも　知らにと妹が　待ちつつあるらむ
（②二二三・柿本人麻呂）

今日今日と　我が待つ君は　**石川**の〔石川之〕　貝に　一に云ふ「谷に」交じりて　ありといはずやも
（②二二四・依羅娘子）

直に逢はば　逢ひかつましじ　**石川**に〔石川尓〕　雲立ち渡れ　見つつ偲はむ
（②二二五・依羅娘子）

難波潟〔難波方〕　潮干なありそね　沈みにし　妹が姿を　見まく苦しも
（②二二九・川辺宮人）

……立ち向かふ　**高円山**に〔高圓山尓〕　春野焼く　野火と見るまで　燃ゆる火を　何かと問へば……
（②二三〇・笠金村歌集）

高円の〔高圓之〕　野辺の秋萩　いたづらに　咲きか散るらむ　見る人なしに
（②二三一・笠金村歌集）

高円の〔高圓之〕　野辺の秋萩　な散りそね　君が形見に　見つつ偲はむ
（②二三三・笠金村歌集）

ももづたふ　**磐余の池**に〔磐余池尓〕　鳴く鴨を　今日のみ見てや　雲隠りなむ
（③四一六・大津皇子）

大君の　和魂あへや　**豊国**の〔豊國乃〕　**鏡の山**の〔鏡山之〕　岩戸立て　隠りにけらし　待てど来まさず
（③四一七・手持女王）

豊国の〔豊國乃〕　**鏡の山**を〔鏡山乎〕　宮と定むる
（③四一八・手持女王）

……さにつらふ　我が大君は　こもりくの　**泊瀬の山**に〔始瀬乃山尓〕　神さびに　斎きいますと……
（③四二〇・丹生王）

川風の　**寒き長谷**を〔寒長谷平〕　嘆きつつ　君があるくに　似る人も逢へや
（③四二五・山前王）

こもりくの　**泊瀬の山**の〔泊瀬山之〕　**山のま**に〔山際尓〕　いさよふ雲は　妹にかもあらむ
（③四二八・柿本人麻呂）

104

第三部　死

山のまゆ　出雲の児らは　霧なれや　出雲の児らが　黒髪は　たなびく霞　見るごとに　妹を思ひ出で　泣かぬ日はなし　〔吉野川　奥名豆颯〕　（３・４三〇・柿本人麻呂）

やくもさす　出雲の児らが　黒髪は　……

佐保山に〔佐保山尓〕　……

昔こそ　外にも見しか　我妹子が　奥つきと思へば　**愛しき佐保山**〔波之吉佐寶山〕　（３・四七三・大伴家持）

……白たへに　舎人装ひて　**和束山**〔和豆香山〕　御輿立たして　ひさかたの　天知らしぬれ……　（３・四七五・大伴家持）

我が大君　天知らさむと　思はねば　おほにそ見ける　**和束杣山**〔和豆香蘇麻山〕　（３・四七四・大伴家持）

……朝霧の　おほになりつつ　**山背の　相楽山の**〔山代乃　相樂山乃　山際〕　山のまに　行き過ぎぬれば……　（３・四八一・高橋朝臣）

大野山〔大野山〕　霧立ち渡る　我が嘆く　おきその風に　霧立ち渡る　（５・七九九・山上憶良）

鏡なす　我が見し君を　**阿婆の野の**〔阿婆乃野之〕　花橘の　玉に拾ひつ　（７・一四〇四）

こもりくの　**泊瀬の山に**〔泊瀬山尓〕　霞立ち　たなびく雲は　妹にかもあらむ　（７・一四〇七）

狂言か　およづれ言か　こもりくの　**泊瀬の山に**〔泊瀬山尓〕　いほりせりといふ　（７・一四〇八）

……あさもよし　城上の道ゆ　つのさはふ　**磐余を見つつ**〔石村平見乍〕　神葬り　葬り奉れば……　（１３・三三二四）

つのさはふ　**磐余の山に**〔石村山丹〕　白たへに　かかれる雲は　皇子かもとも　（１３・三三二五）

こもりくの　**泊瀬の山　青幡の　忍坂の山は**〔長谷之山　青幡乃　忍坂山者〕　走り出の　宜しき山の……　（１３・三三三一）

恋ひつつも　居らむとすれど　**木綿間山**〔遊布麻夜万〕　隠れし君を　思ひかねつも　（１４・三四七五）

105

伊波多野に〔伊波多野尓〕　宿りする君　家人の　いづらと我を　問はばいかに言はむ　（⑮三六八九）

耳無の　池し恨めし〔無耳之　池羊蹄恨之〕　我妹子が　来つつ潜かば　水は涸れなむ　（⑯三七八八）

事しあらば　**小泊瀬山の**〔小泊瀬山乃〕　石城にも　隠らば共に　な思ひ我が背　（⑯三八〇六）

……夕庭に　踏み平げず　**佐保の内の**〔佐保能宇知乃〕　里を行き過ぎ　あしひきの　山の木末に……
（⑰三九五七・大伴家持）

他界

沖つ国

沖つ国〔奥國〕　領く君が　塗り屋形　丹塗りの屋形　神が門渡る　（⑯三八八八）

神楽良の小野

……**天にある　ささらの小野の**〔天有　左佐羅能小野之〕　七ふ菅　手に取り持ちて　ひさかたの　天の川原に……
（③四二〇・丹生王）

天なるや　神楽良の小野に〔天尓有哉　神楽良能小野尓〕　茅草刈り　草刈りばかに　鶉を立つも　（⑯三八八七）

常世

常世にと〔常呼二跡〕　我が行かなくに　小金門に　もの悲しらに　思へりし　我が子の刀自を　ぬばたまの　夜昼といはず　思ふにし　我が身は痩せぬ　嘆くにし　袖さへ濡れぬ　かくばかり　もとなし恋ひば　故郷に　この月ごろも　ありかつましじ　（④七二三・大伴坂上郎女）

罷(まか)り道(ぢ)

楽浪の　志賀津の児らが　一に云ふ「志賀の津の児が」　**罷(まか)り道(ぢ)の**〔罷道之〕　川瀬の道を　見ればさぶしも
（②二一八・柿本人麻呂）

道(みち)

常(つね)知(し)らぬ　道(みち)の長手(ながて)を〔都祢斯良農　道乃長手袁〕　くれくれと　いかにか行かむ　糧はなしに　一に云ふ「干飯はなしに」（⑤八八八・山上憶良）

黄泉(よみ)

山吹(やまぶき)の　立(た)ちよそひたる　山清水(やましみづ)〔山振之　立儀足　山清水〕　汲みに行かめど　道の知らなく
（②一五八・高市皇子）

……**遠(とほ)つ国(くに)　黄泉(よみ)の界(さかひ)に**〔遠津國　黄泉乃境丹〕　延ふつたの　己が向き向き　天雲の　別れし行けば……
（⑨一八〇四・田辺福麻呂歌集）

……ししくしろ　**黄泉(よみ)に待(ま)たむと**〔黄泉尓将レ待跡〕　隠り沼の　下延へ置きて　うち嘆き　妹が去ぬれば……
（⑨一八〇九・高橋虫麻呂歌集）

形見

形見(かたみ)

ま草刈る　荒野にはあれど　もみち葉の　過ぎにし君が　**形見(かたみ)とそ来(こ)し**〔形見跡曽来師〕　（①四七・柿本人麻呂）

……明日香川　万代までに　はしきやし　我が大君の　**形見にここを**〔形見何此焉〕　（②一九六・柿本人麻呂）

……入り日なす　隠りにしかば　我妹子が　**形見に置ける**〔形見尓置有〕　みどり子の　乞ひ泣くごとに……　（②二一〇・柿本人麻呂）

……入り日なす　隠りにしかば　我妹子が　**形見に置ける**〔形見尓置有〕　みどり子の　乞ひ泣くごとに……　（②二一三・柿本人麻呂）

高円の　野辺の秋萩　な散りそね　**君が形見に**〔君之形見尓〕　見つつ偲はむ　（②二三三・笠金村歌集）

塩気立つ　荒磯にはあれど　行く水の　過ぎにし妹が　**形見とそ来し**〔方見等曽来〕　（⑨一七九七・柿本人麻呂歌集）

よすか

……言問はぬ　ものにはあれど　我妹子が　入りにし山を　**よすかとぞ思ふ**〔因鹿跡叙念〕　（③四八一・高橋朝臣）

うつせみの　世の事なれば　外に見し　山をや今は　**よすかと思はむ**〔因香跡思波牟〕　（③四八二・高橋朝臣）

志賀の山　いたくな伐りそ　荒雄らが　**よすかの山と**〔余須可乃山跡〕　見つつ偲はむ　（⑯三八六二・一云山上憶良）

形見（個別）

ま草刈る　**荒野にはあれど**〔荒野者雖ㇾ有〕　もみち葉の　過ぎにし君が　形見とそ来し　（①四七・柿本人麻呂）

磐代の　**岸の松が枝**〔岸之松枝〕　結びけむ　人は反りて　また見けむかも　（②一四三・長意吉麻呂）

磐代の　野中に立てる　**結び松**〔結松〕　心も解けず　古思ほゆ　未だ詳らかならず　（②一四四・長意吉麻呂）

鳥となり　あり通ひつつ　見らめども　人こそ知らね　**松は知るらむ**〔松者知良武〕　（②一四五・山上憶良）

第三部　死

後見むと　君が結べる　磐代の　**小松がうれを**〔子松之宇礼平〕　また見けむかも　（②一四六・柿本人麻呂歌集）

いさなとり　近江の海を　沖離けて　漕ぎ来る舟　辺つきて　漕ぎ来る舟　沖つかい　いたくなはねそ　辺つかい

いたくなはねそ　若草の　**夫の　思ふ鳥立つ**〔念鳥立〕　（②一五三・倭大后）

島の宮　勾の池の　**放ち鳥**〔放鳥〕　人目に恋ひて　池に潜かず　（②一七〇・柿本人麻呂）

上の池なる　**放ち鳥**〔放鳥〕　荒びな行きそ　君いまさずとも　（②一七二・皇子尊宮舎人）

み立たしの　島をも家と　**住む鳥も**〔住鳥毛〕　荒びな行きそ　年かはるまで　（②一八〇・皇子尊宮舎人）

……天地の　いや遠長く　偲ひ行かむ　御名にかかせる　**明日香川**〔明日香河〕　万代までに……

（②一九六・柿本人麻呂）

明日香川〔明日香河〕　しがらみ渡し　塞かませば　流るる水も　のどにかあらまし　一に云ふ「水の　よどにかあ

らまし」　（②一九七・柿本人麻呂）

明日香川〔明日香河〕　明日だに　見むと　思へやも　一に云ふ「思へかも」　我が大君の　御

名忘れせぬ　一に云ふ「御名忘らえぬ」　（②一九八・柿本人麻呂）

……入り日なす　隠りにしかば　我妹子が　形見に置ける　**みどり子の**〔若兒乃〕　乞ひ泣くごとに……

（②二一〇・柿本人麻呂）

……入り日なす　隠りにしかば　我妹子が　形見に置ける　**みどり子の**〔緑兒之〕　乞ひ泣くごとに……

（②二一三・柿本人麻呂）

明日香川〔明日香河〕　（②一九六・柿本人麻呂）

高円の　**野辺の秋萩**〔野邊乃秋芽子〕　な散りそね　君が形見に　見つつ偲はむ　（②二三三三・笠金村歌集）

岩屋戸に　**立てる松の木**〔立在松樹〕　汝を見れば　昔の人を　相見るごとし　（③三〇九・博通法師）

我妹子が　見し鞆の浦の　**むろの木(き)は**〔天木香樹者〕　常世にあれど　見し人そなき（③四四六・大伴旅人）

鞆の浦の　**磯(いそ)のむろの木(き)**〔磯之室木〕　見むごとに　相見し妹は　忘らえめやも（③四四七・大伴旅人）

磯の上に　**根延(ねば)ふむろの木(き)**〔根蔓室木〕　見し人を　いづらと問はば　語り告げむか（③四四八・大伴旅人）

妹と来し　**敏馬(みぬめ)の崎(さき)を**〔敏馬能埼乎〕　帰るさに　ひとりし見れば　涙ぐましも（③四四九・大伴旅人）

行くさには　二人我が見し　**この崎(さき)を**〔此埼乎〕　ひとり過ぐれば　心悲しも　一に云ふ「見もさかず来ぬ」（③四五〇・大伴旅人）

妹として　二人作りし　**我(わ)が山斎(しま)は**〔吾山齋者〕　木高く繁く　なりにけるかも（③四五二・大伴旅人）

我妹子が　**植(う)ゑし梅(うめ)の木(き)**〔殖之梅樹〕　見るごとに　心むせつつ　涙し流る（③四五三・大伴旅人）

秋さらば　見つつしのへと　妹が植ゑし　**やどのなでしこ**〔屋前乃石竹〕　咲きにけるかも（③四六四・大伴家持）

時はしも　何時もあらむを　心痛く　い行く我妹か　**みどり子(こ)を置(お)きて**〔若子乎置而〕（③四六七・大伴家持）

妹が見し　**やどに花咲(はなさ)き**〔屋前尓花咲〕　時は経ぬ　我が泣く涙　いまだ干なくに（③四六九・大伴家持）

愛しきかも　皇子の命の　あり通ひ　**見(め)しし活道(いくぢ)の**〔見之活道乃〕　道は荒れにけり（③四七九・大伴家持）

……言問はぬ　ものにはあれど　我妹子が　**入(い)りにし山(やま)を**〔入尓之山乎〕　よすかとぞ思ふ（③四八一・高橋朝臣）

うつせみの　世の事なれば　外に見し　**山(やま)をや今(いま)は**〔山矣耶今者〕　よすかと思はむ（③四八二・高橋朝臣）

妹が見し　**楝(あふち)の花(はな)は**〔阿布知乃波那波〕　散りぬべし　我が泣く涙　いまだ干なくに（⑤七九八・山上憶良）

もみち葉の　過ぎにし児らと　携はり　**遊(あそ)びし磯(いそ)を**〔遊磯麻〕　見れば悲しも（⑨一七九六・柿本人麻呂歌集）

塩気立つ　**荒磯(ありそ)にはあれど**〔荒磯丹者雖レ在〕　行く水の　過ぎにし妹が　形見とそ来し

第三部　死

無常

跡なし

古に　妹と我が見し　ぬばたまの　**黒牛潟を**〔久漏牛方乎〕　見ればさぶしも
（⑨一七九七・柿本人麻呂歌集）

玉津島　磯の浦回の　**砂にも**〔真名子仁文〕　にほひて行かな　妹も触れけむ
（⑨一七九八・柿本人麻呂歌集）

百小竹の　三野王　西の厩　**立てて飼ふ駒**〔立而飼駒〕　東の厩　**立てて飼ふ駒**〔立而飼駒〕　草こそば　取り
て飼へ　水こそば　汲みて飼へ　なにか然　**葦毛の馬の**〔大分青馬之〕　いなき立てつる　（⑬三三二七）

葦辺行く　雁の翼を　見るごとに　**君が帯ばしし　投矢し思ほゆ**〔公之佩具之　投箭之所ⅼ思〕　（⑬三三四五）

……別れにし　**妹が着せてし　なれ衣**〔伊毛我伎世弓思　奈礼其呂母〕　袖片敷きて　一人かも寝む
（⑮三六二五・丹比大夫）

志賀の山〔志賀乃山〕　いたくな伐りそ　荒雄らが　よすかの山と　見つつ偲はむ
（⑯三八六二・一云山上憶良）

……いや遠に　偲ひにせよと　**黄楊小櫛**〔黄楊小櫛〕　然刺しけらし　生ひてなびきけり
（⑲四二一一・大伴家持）

処女らが　**後のしるしと**〔後之表跡　黄楊小櫛〕　**黄楊小櫛**　生ひ変はり生ひて　なびきけらしも
（⑲四二一二・大伴家持）

……言ひも得ず　名付けも知らず　**跡**(あと)**もなき**　**世間**(よのなか)**なれば**〔跡無　世間尓有者〕　せむすべもなし
（③四六六・大伴家持）

……吹く風の　見えぬがごとく　**跡**(あと)**もなき**　**世**(よ)**の人**(ひと)**にして**〔安刀毛奈吉　与能比登尓之弖〕　別れにし　妹が着せてし……
（⑮三六二五・丹比大夫）

反(かへ)**らず**

……打ち払ひ　さ寝とふものを　**行**(ゆ)**く水**(みづ)**の**　**反**(かへ)**らぬごとく**〔由久美都能　可敝良奴其等久〕　吹く風の　見えぬがごとく……
（⑮三六二五・丹比大夫）

神(かみ)**に堪**(あ)**へず**

うつせみし　**神**(かみ)**に堪**(あ)**へねば**〔神尓不ﾚ勝者〕　離れ居て　朝嘆く君　離り居て　我が恋ふる君……
（②一五〇・婦人）

暮(く)**る**

……**渡**(わた)**る日**(ひ)**の**　**暮**(く)**れぬるがごと**〔渡日乃　晩去之如〕　照る月の　雲隠るごと　沖つ藻の　なびきし妹は……
（②二〇七・柿本人麻呂）

背(そむ)**く**

……頼めりし　児らにはあれど　**世間**(よのなか)**を**　**背**(そむ)**きしえねば**〔世間乎　背之不ﾚ得者〕　かぎろひの　もゆる荒野に……
（②二一〇・柿本人麻呂）

……頼めりし　妹にはあれど　**世間**(よのなか)**を**　**背**(そむ)**きしえねば**〔世中　背不ﾚ得者〕　かぎるひの　もゆる荒野に……
（②二一三・柿本人麻呂）

第三部　死

天象表現（霧・雲<ruby>く<rt>く</rt></ruby><ruby>も<rt>も</rt></ruby>・露<ruby>つ<rt>つ</rt></ruby><ruby>ゆ<rt>ゆ</rt></ruby>）
→「死ぬ（消死ぬ）」「忌避（去ぬ・失す・おほになる・雲隠る・消・消やすし）」「命（はかなき命）」「無常（身）」参照

悔しみか　思ひ恋ふらむ　時ならず　過ぎにし児らが　**朝露<ruby>あさつゆ<rt>あさつゆ</rt></ruby>のごと　夕霧<ruby>ゆふぎり<rt>ゆふぎり</rt></ruby>のごと**〔朝露乃如也　夕霧乃如也〕
　　　（②二一七・柿本人麻呂）

直に逢はば　逢ひかつましじ　石川に　**雲立ち渡れ**〔雲立渡礼〕　見つつ偲はむ
　　　　　　　　　　　　　　　　　　　　　　　　　　　　　　　　　　（②二二五・依羅娘子）

こもりくの　泊瀬の山の　山のまに　**いさよふ雲は　妹にかもあらむ**〔伊佐夜歴雲者　妹鴨有牟〕
　　　　　　　　　　　　　　　　　　　　　　　　　　　　　　　　　　（③四二八・柿本人麻呂）

山のまゆ　**出雲<ruby>いづも<rt>いづも</rt></ruby>の児らは　霧<ruby>きり<rt>きり</rt></ruby>なれや**〔出雲兒等者　霧有哉〕　吉野の山の　嶺にたなびく
　　　　　　　　　　　　　　　　　　　　　　　　　　　　　　　　　　（③四二九・柿本人麻呂）

昨日こそ　君はありしか　思はぬに　浜松の上に　**雲にたなびく**〔雲棚引〕
　　　　　　　　　　　　　　　　　　　　　　　　　　　　　　　　　　（③四四四・大伴三中）

つのさはふ　磐余の山に　白たへに　**かかれる雲は　皇子<ruby>すめらみこ<rt>すめらみこ</rt></ruby>かも**〔懸有雲者　皇可聞〕
　　　　　　　　　　　　　　　　　　　　　　　　　　　　　　　　　　（⑬三三二五）

……あしひきの　山の木末に　**白雲<ruby>しらくも<rt>しらくも</rt></ruby>に　立ちたなびくと**〔白雲尓　多知多奈妣久等〕　我に告げつる……
　　　　　　　　　　　　　　　　　　　　　　　　　　　　　　　　　　（⑰三九五七・大伴家持）

……な放けそと　我は祈れど　まきて寝し　妹が手本は　**雲にたなびく**〔雲尓多奈妣久〕
　　　　　　　　　　　　　　　　　　　　　　　　　　　　　　　　　　（⑲四二三六）

……うつせみの　惜しきこの世を　露霜の　置きて去にけむ　**時にあらずして**〔時尓不ㇾ在之天〕

Ⅰ 和歌編

留めず

留めえぬ　命にしあれば〔留不ㇾ得　壽尓之在者〕　しきたへの　家ゆは出でて　雲隠りにき

（③四四三・大伴三中）

留めかね

家離り　います我妹を　留めかね〔停不得〕　山隠しつれ　心どもなし

（③四六一・大伴坂上郎女）

常盤なす　かくしもがもと　思へども　世の理なれば　留みかねつも〔等登尾可祢都母〕

（③四七一・大伴家持）

……玉藻なす　なびき臥い伏し　行く水の　留めかねつと〔逝水之　留不得常〕　狂言か　人の言ひつる……

（⑤八〇五・山上憶良）

身

……手折りても　見せましものを　うつせみの　借れる身なれば〔打蝉乃　借有身在者〕　露霜の　消ぬるがごとく……

（⑲四二一四・大伴家持）

我がやどの　草の上白く　置く露の　身も惜しからず〔置露乃　壽母不ㇾ有ㇾ惜〕　妹に逢はざれば

（④七八五・大伴家持）

かにかくに　物は思はじ　朝露の　我が身一つは〔朝露之　吾身一者〕　君がまにまに

（⑪二六九一）

うつせみは　数なき身なり〔加受奈吉身奈利〕　山川の　さやけき見つつ　道を尋ねな

（⑳四四六八・大伴家持）

水泡なす　仮れる身そとは〔美都煩奈須　可礼流身曽等波〕　知れれども　なほし願ひつ　千年の命を

（⑳四四七〇・大伴家持）

水沫

第三部　死

巻向の　山辺とよみて　**行く水の　水沫のごとし**〔徃水之　三名沫如〕　世の人我は

（⑦一二六九・柿本人麻呂歌集）

その他

荒らし・荒らぶ・荒る

ひさかたの　天見るごとく　仰ぎ見し　皇子の御門の　**荒れまく惜しも**〔荒巻惜毛〕

（②一六八・柿本人麻呂）

島の宮　上の池なる　放ち鳥　君いまさずとも　**荒らびな行きそ**〔荒備勿行〕

（②一七二・皇子尊宮舎人）

高光る　我が日の皇子の　いましせば　島の御門は　**荒れざらましを**〔不ㇾ荒有益乎〕

（②一七三・皇子尊宮舎人）

み立たしの　島をも家と　住む鳥も　**荒らびな行きそ**〔荒備勿行〕　年かはるまで

（②一八〇・皇子尊宮舎人）

……ぬばたまの　**夜床も荒るらむ**〔夜床母荒良無〕　一に云ふ〔阿礼奈牟〕　そこ故に　慰めかねて……

（②一九四・柿本人麻呂）

三笠山　野辺行く道は　こきだくも　**しげく荒れたるか**〔繁荒有可〕　久にあらなくに

（②二三二・笠金村歌集）

三笠山　野辺ゆ行く道　こきだくも　**荒れにけるかも**〔荒尓計類鴨〕　久にあらなくに　一に云ふ「けむ」

（②二三四）

はだすすき　久米の若子が　いましける　三穂の岩屋は　見れど飽かぬかも　一に云ふ「**荒れにけるかも**」〔安礼尓家留可毛〕

（③三〇七・博通法師）

都なる　**荒れたる家に**〔荒有家尓〕　ひとり寝ば　旅にまさりて　苦しかるべし

（③四四〇・大伴旅人）

I 和歌編

愛しきかも　皇子の命の　あり通ひ　見しし活道の　道は**荒れにけり**〔路波荒尓鶏里〕　（③四七九・大伴家持）

こもりくの　泊瀬の山　青幡の　忍坂の山は　走り出の　宜しき山の　出で立ちの　くはしき山ぞ　あたらしき山の　**荒れまく惜しも**〔荒巻惜毛〕　⑬三三三一）

夕霧に　千鳥の鳴きし　佐保道をば　**荒しやしてむ**〔安良之也之弓牟〕　見るよしをなみ　⑳四四七七・円方女王）

高円の　野の上の宮は　**荒れにけり**〔安礼尓家里〕　立たしし君の　御代遠そけば　⑳四五〇六・大伴家持）

高円の　峰の上の宮は　**荒れぬとも**〔安礼奴等母〕　立たしし君の　御名忘れめや　⑳四五〇七・大原今城）

いかさまに思ふ

玉だすき　畝傍の山の　橿原の　ひじりの御代ゆ　或は云ふ「宮ゆ」　生れましし　神のことごと　つがの木の　いやつぎつぎに　天の下　知らしめししを　或は云ふ「めしける」　天にみつ　大和を置きて　あをによし　奈良山を越え　或は云ふ「そらみつ　大和を置き　あをによし　奈良山越えて」　**いかさまに　思ほしけめか**〔所念計米可〕　天にさかる　鄙にはあれど　いはばしる　近江の国の　楽浪の　大津の宮に　天の下　知らしめしけむ　天皇の　神の尊の　大宮は　ここと聞けども　大殿は　ここと言へども　春草の　しげく生ひたる　霞立ち　春日の霧れる　或は云ふ「霞立ち　春日か霧れる　夏草か　しげくなりぬる」　ももしきの　大宮所　見れば悲しも　或は云ふ「見ればさぶしも」　（①二九・柿本人麻呂）

明日香の　清御原の宮に　天の下　知らしめしし　やすみしし　我が大君　高照らす　日の御子　**いかさまに　思ほしめせか**〔何方尓　所念食可〕　神風の　伊勢の国は　沖つ藻も　なみたる波に　塩気のみ　かをれる国に　うまこり　あやにともしき　高照らす　日の御子　（②一六二・持統天皇）

……天つ水　仰ぎて待つに　**いかさまに　思ほしめせか**〔何方尓　御念食可〕　つれもなき　真弓の岡に……

第三部　死

……なよ竹の　とをよる児らは　**いかさまに**　**思ひ居れか**〔何方尓　念居可〕　たく縄の　長き命を……

(②一六七・柿本人麻呂)

……朝夕に　ありつる君は　**いかさまに**　**思ひいませか**〔何方尓　念座可〕　うつせみの　惜しきこの世を……

(②二二七・柿本人麻呂)

……里家は　さはにあれども　**いかさまに**　**思ひけめかも**〔何方尓　念鶏目鴨〕　つれもなき　佐保の山辺に……

(③四四三・大伴三中)

磯城島の　大和の国に　**いかさまに**　**思ほしめせか**〔何方　御念食可〕　つれもなき　城上の宮に……

(⑬三三二六)

うらぶる

秋山の　黄葉あはれと　**うらぶれて**〔浦觸而〕　入りにし妹は　待てど来まさず

(⑦一四〇九)

……川の瀬を　七瀬渡りて　**うらぶれて**〔裏觸而〕　妻は逢ひきと　人そ告げつる

(⑬三三〇三)

逆言・狂言

……玉梓の　人そ言ひつる　**逆言か**〔於余頭礼可〕　**狂言か**〔狂言〕　我が聞きつる

(③四二〇・丹生王)

……および〔およずれ〕の　**狂言とかも**〔狂言等可聞〕　高山の　巖の上に　君が臥やせる

(③四二一・丹生王)

……いや日異に　栄ゆる時に　**逆言の**〔逆言之〕　**狂言とかも**〔狂言登可聞〕　白たへに　舎人装ひて……

(③四七五・大伴家持)

Ⅰ 和歌編

狂言か おゝよづれ言か〔狂語香 逆言哉〕こもりくの 泊瀬の山に いほりせりといふ

　……占置きて 斎ひ渡るに **狂言か**〔狂言哉〕 人の言ひつる 筑紫の山の……　（⑦一四〇八）

狂言か〔狂言哉〕 人の言ひつる 玉の緒の 長くと君は 言ひてしものを　（⑬三三三三）

　……嬉しみと 我が待ち問ふに **逆言の 狂言とかも**〔於餘豆礼能 多波許登可毛〕 はしきよし 汝弟の命……　（⑬三三三四）

　……行く水の 留めかねつゝ **狂言か**〔狂言哉〕 人の言ひつる **逆言か**〔逆言乎〕 人の告げつる……　（⑰三九五七・大伴家持）

来む世

この世にし 楽しくあらば **来む世には**〔来生尓毛〕 虫にも鳥にも 我はなりなむ　（③三四八・大伴旅人）

この世には **人言繁し 来む世にも**〔来生尓毛〕 逢はむ我が背子 今ならずとも　（④五四一・高田女王）

幸く・幸く

神代より 言ひ伝て来らく そらみつ 大和の国は 皇神の 厳しき国 言霊の 幸はふ国と 語り継ぎ 言ひ継がひけり 今の世の 人もことごと 目の前に 見たり知りたり 人さはに 満ちてはあれども 高光る 日の大朝廷 神ながら 愛での盛りに 天の下 奏したまひし 家の子と 選ひたまひて 勅旨 戴き持ちて 唐の 遠き境に 遣はされ 罷りいませ 海原の 辺にも沖にも 神留まり うしはきいます 諸の大御神たち 舟舳に 導きまをし 天地の 大御神たち 大和の 大国御魂 ひさかたの 天のみ空ゆ 天翔り 見渡したまひ 言終はり 帰らむ日には また更に 大御神たち 舟舳に み手うち掛けて 墨縄を 延へたるごとく あぢかをし 値嘉の岬より 大伴の 三津の浜辺に 直泊てに み船は泊てむ つつみな

く　**幸(さき)くいまして**〔佐伎久伊麻志弖〕　はや帰りませ　（⑤八九四・山上憶良）

命(いのち)を　幸(さき)く良(よ)けむと〔命　幸久吉〕　石走る　垂水の水を　むすびて飲みつ　（⑦一一四二）

天の川　瀬ごとに幣を　奉る　心は君を　**幸(さき)く来(き)ませと**〔幸来座跡〕　（⑩二〇六九）

天地を　嘆き乞ひ禱み　**幸(さき)くあらば**〔幸有者〕　またかへり見む　志賀の唐崎　（⑬三二四一）

……夕霧に　衣手濡れて　**幸(さき)くしも**〔佐伎久之毛〕　あるらむごとく　出で見つつ　待つらむものを……
（⑮三六九一・葛井子老）

父母が　頭掻き撫で　**幸(さ)くあれて**〔佐久安礼天〕　言ひし言葉ぜ　忘れかねつる　（⑳四三四六・丈部稲麻呂）

ま幸(さき)く

磐代の　浜松が枝を　引き結び　**ま幸(さき)くあらば**〔真幸有者〕　またかへり見む　（②一四一・有間皇子）

我が命し　**ま幸(さき)くあらば**〔真幸有者〕　またも見む　志賀の大津に　寄する白波　（③二八八・穂積老）

……片手には　和たへ奉り　平けく　**ま幸(さき)くませと**〔間幸座与〕　天地の　神を乞ひ禱み……
（③四四三・大伴三中）

命をし　**ま幸(さき)くもがも**〔麻勢久可願〕　名欲山　石踏み平し　またまたも来む　（⑨一七七九・藤井連）

ま幸(さき)くて〔真幸而〕　妹が斎はば　沖つ波　千重に立つとも　障りあらめやも　（⑮三五八三）

……馬留め　別れし時に　**ま幸(さき)くて**〔好去而〕　我帰り来む　平けく　斎ひて待てと……
（⑰三九五七・大伴家持）

ま幸(さき)くと〔麻佐吉久登〕　言ひてしものを　白雲に　立ちたなびくと　聞けば悲しも　（⑰三九五八・大伴家持）

大君の　遠の朝廷と　しらぬひ　筑紫の国は　敵守る　おさへの城そと　聞こし食す　四方の国には　人多に　満

ちてはあれど　鶏が鳴く　東男は　出で向かひ　かへり見せずて　勇みたる　猛き軍卒と　ねぎたまひ　任けのま にまに　たらちねの　母が目離れて　若草の　妻をもまかず　あらたまの　月日数みつつ　葦が散る　難波の三津 に　大舟に　ま梶しじ貫き　朝なぎに　水手整へ　夕潮に　梶引き折り　率ひて　漕ぎ行く君は　波の間をい行 きさぐくみ　**ま幸くも**〔麻佐吉久母〕　早く至りて　大君の　命のまにま　ますらをの　心を持ちて　あり巡り 事し終はらば　障まはず　帰り来ませと　斎瓮を　床辺にすゑて　白たへの　袖折り返し　ぬばたまの　黒髪敷き て　長き日を　待ちかも恋ひむ　愛しき妻らは　（⑲四三三一・大伴家持）

大君の　命恐み　妻別れ　悲しくはあれど　ますらをの　心振り起こし　取り装ひ　門出をすれば　たらちねの 母掻き撫で　若草の　妻取り付き　平けく　我は斎はむ　**ま幸くて**〔好去而〕　はや帰り来と　ま袖もち　涙を 拭ひ　むせひつつ　言問ひすれば　群鳥の　出で立ちかてに　滞り　かへり見しつつ　いや遠に　国を来離れ　い や高に　山を越え過ぎ　葦が散る　難波に来居て　夕潮に　舟を浮けすゑ　朝なぎに　舳向け漕がむと　さもらふ と　我が居る時に　春霞　島回に立ちて　鶴がねの　悲しく鳴けば　遥々に　家を思ひ出　負ひ征矢の　そよと鳴 るまで　嘆きつるかも　（⑳四三九八・大伴家持）

知らず

山吹の　立ちよそひたる　山清水　汲みに行かめど　**道の知らなく**〔道之知鳴〕　（②一五八・高市皇子）

……そこ故に　皇子の宮人　**行くへ知らずも**〔行方不レ知毛〕　一に云ふ「さす竹の　皇子の宮人　**行くへ知らにす**」〔歸 邊不レ知尓為〕　（②一六七・柿本人麻呂）

埴安の　池の堤の　隠り沼の　**行くへを知らに**〔去方乎不レ知〕　舎人は惑ふ　（②二〇一・柿本人麻呂）

秋山の　黄葉をしげみ　惑ひぬる　妹を求めむ　**山路知らずも**〔山道不レ知母〕　一に云ふ「**道知らずして**」〔路不レ知

而〕（②二〇八・柿本人麻呂）

若ければ　**道行き知らじ**〔道行之良士〕　賂はせむ　したへの使ひ　負ひて通らせ　（⑤九〇五・山上憶良）

浦波の　来寄する浜に　つれもなく　伏したる君が　**家道知らずも**〔家道不レ知裳〕　（⑬三三四三）

……立ちて居て　**行くへも知らず**〔去方毛不レ知〕　朝霧の　思ひ迷ひて……思へども　**道の知らねば**〔道之不レ知者〕　一人居て　君に恋ふるに　音のみし泣かゆ　（⑬三三四四）

知る

布施置きて　我は乞ひ禱む　あざむかず　直に率行きて　**天路知らしめ**〔阿麻治思良之米〕（⑤九〇六・山上憶良）

障む・障る

……直泊てに　み船は泊てむ　**つつみなく**〔都々美無久〕　幸くいまして　はや帰りませ　（⑤八九四・山上憶良）

……荒き波　風にあはせず　**つつみなく**〔莫二菅見一〕　病あらせず　速けく　帰したまはね　本の国辺に　（⑥一〇二〇、一〇二一・石上乙麻呂）

大舟を　荒海に出だし　います君　**障むことなく**〔都追牟許等奈久〕　はや帰りませ　（⑮三五八二）

ま幸くて　妹が斎はば　沖つ波　千重に立つとも　**障りあらめやも**〔佐波里安良米也母〕　（⑮三五八三）

……ますらをの　心を持ちて　あり巡り　事し終はらば　**障まはず**〔都々麻波受〕　帰り来ませと……　（⑲四三三一・大伴家持）

……平けく　親はいまさね　**障みなく**〔都々美奈久〕　妻は待たせと　住吉の　我が皇祖に……　（⑳四四〇八・大伴家持）

青海原　風波なびき　行くさ来さ　**障（つつ）むことなく**〔都々牟許等奈久〕　船は速けむ　（⑳四五一四・大伴家持）

つれもなし

……いかさまに　思ほしめせか　**つれもなき**〔由縁母無〕　真弓の岡に　宮柱　太敷きいまし……
（②一六七・柿本人麻呂）

つれもなき〔所由無〕　佐田の岡辺に　帰り居ば　島の御橋に　誰か住まはむ　（②一八七・皇子尊宮舎人）

……いかさまに　思ほしめせか　**つれもなき**〔津礼毛無〕　城上の宮に　大殿を　仕へ奉りて……　（⑬三三二六）

家人の　待つらむものを　**つれもなき**〔津煎裳無〕　荒磯をまきて　伏せる君かも　（⑬三三四一）

浦波の　来寄する浜に　**つれもなく**〔津煎裳無〕　伏したる君が　家道知らずも　（⑬三三四三）

鳥（とり）となる

鳥（とり）となり〔鳥翔成〕　あり通ひつつ　見らめども　人こそ知らね　松は知るらむ　（②一四五・山上憶良）

なし

人（ひと）もなき〔人毛奈吉〕　空しき家は　草枕　旅にまさりて　苦しかりけり　（③四五一・大伴旅人）

みどり子の　這ひたもとほり　朝夕に　音のみそ我が泣く　**君（きみ）なしにして**〔君無二四天〕　（③四五八・余明軍）

韓衣　裾に取り付き　泣く子らを　置きてそ来ぬや　**母（おも）なしにして**〔意母奈之尓志弖〕
（⑳四四〇一・他田舎人大島）

丹（に）塗（ぬ）りの屋形（やかた）

沖つ国　領く君が　**塗（ぬ）り屋形（やかた）**　**丹（に）塗（ぬ）りの屋形（やかた）**〔柒屋形　黄乃柒屋形〕　神が門渡る　（⑯三八八八）

人魂（ひとだま）

人魂の　さ青なる君が〔人魂乃　佐青有公之〕　ただ一人　逢へりし雨夜の　葉非左し思ほゆ（⑯三八八九）

布施

布施置きて〔布施於吉弖〕　我は乞ひ禱む　あざむかず　直に率行きて　天路知らしめ（⑤九〇六・山上憶良）

見ゆ・見る

……うつせみと　思ひし妹が　玉かぎる　ほのかにだにも　**見えなく思へば**〔不レ見思者〕（②二一〇・柿本人麻呂）

高円の　野辺の秋萩　いたづらに　咲きか散るらむ　**見る人なしに**〔見人無尓〕（②二三一・笠金村歌集）

つのさはふ　磐余の道を　朝去らず　行きけむ人の　思ひつつ　通ひけまくは　ほととぎす　鳴く五月には　あやめ草　花橘を　玉に貫き　一に云ふ「貫き交へ」　縵にせむと　九月の　しぐれの時は　もみち葉を　折りかざさむと　延ふ葛の　いや遠長く　一に云ふ「葛の根の　いや遠長に」　万代に　絶えじと思ひて　一に云ふ「大舟の思ひ頼みて」　通ひけむ　君をば明日ゆ　一に云ふ「君を明日ゆは」　**外にかも見む**〔外尓可聞見牟〕（③四二三・山前王）

我妹子が　見し鞆の浦の　むろ木は　常世にあれど　**見し人そなき**〔見之人曽奈吉〕（③四四六・大伴旅人）

一世には　二度見えぬ〔一世尓波　二遍美延農〕　父母を　置きてや長く　我が別れなむ　一に云ふ「相別れなむ」（⑤八九一・山上憶良）

風早の　浜の白波　いたづらに　ここに寄せ来る　**見る人なしに**〔見人無〕　一に云ふ「ここに寄せ来も」（⑨一六七三・一云長意吉麻呂）

……行く水の　反らぬごとく　**吹く風の　見えぬがごとく**〔布久可是能　美延奴我其等久〕　跡もなき　世の人にして……（⑮三六二五・丹比大夫）

Ⅰ　和歌編

夕霧に　千鳥の鳴きし　佐保道をば　荒してやしてむ　**見る**よしをなみ〔美流与之乎奈美〕

（⑳四四七七・円方女王）

横しま風
……大舟の　思ひ頼むに　思はぬに　**横しま風の**〔横風乃〕　にふふかに　覆ひ来ぬれば……

（⑤九〇四・山上憶良）

忘る
草枕　旅の宿りに　誰が夫か　**国忘れたる**〔國忘有〕　家待たなくに

（③四二六・柿本人麻呂）

124

II 文章編

Ⅱ　文章編

凡例（文章編）

一　文章編では、検索の便を図るため、まず索引を掲げ、次に本文を歌番号順に示した。

一　煩雑になるのを防ぐため、歌番号（旧国歌大観番号）は、歌群全体ではなく、部立・標目・標目・文章は直後の歌番号を、左注は直前の歌番号を示した。また、標目に続く細注も標目に含めた。

一　索引は、老・病・死に関する語句を意味によって分類して配列し、さらに、音によって五十音順（歴史的仮名遣い）に配列した。語句の音は『大漢和辞典』及び『日本国語大辞典　第二版』を参照した。

一　感情語は老・病・死の表現そのものではないと判断し、あえて索引には加えなかった。

一　索引では、巻は算用数字を〇で囲み、歌番号は漢数字で記した。また、文章の種類は本文部分に詳細を記し、索引では部立・標目・題詞・左注・序・文・題・詩・注とのみ記した。さらに、用例の通し番号を算用数字を括弧で囲んで記した。

一　索引では、巻・歌番号・文章の種類・通し番号・掲載頁の順に示した。

一　索引では、該当語句が「令レ省ニ卿病一」のように意味が複数にわたる場合、巻の上に＊1を付し、「病」（病気）・「令レ省ニ卿病一」（治療）の両方に掲載した。

一　本文では、該当語句はゴシック体で傍線を付し、算用数字を括弧で囲んだ通し番号を記した。

126

凡例（文章編）

一 本文では、巻は算用数字を〇で囲み、歌番号（旧国歌大観番号）は漢数字で記し、さらに作者名の判明しているものはそれを加えた。

一 本文では、該当語句が「令レ省二卿病二」のように意味が複数にわたる場合、通し番号に＊1を付し、「病」・「令レ省二卿病二」の両方に掲載した。

一 該当語句が「御陵」の場合、巻の上に＊2を付し、「陵（リョウ）」で配列した。

一 該当語句が「御墓」の場合、巻の上に＊3を付し、「墓（ボ）」で配列した。

Ⅱ 文章編

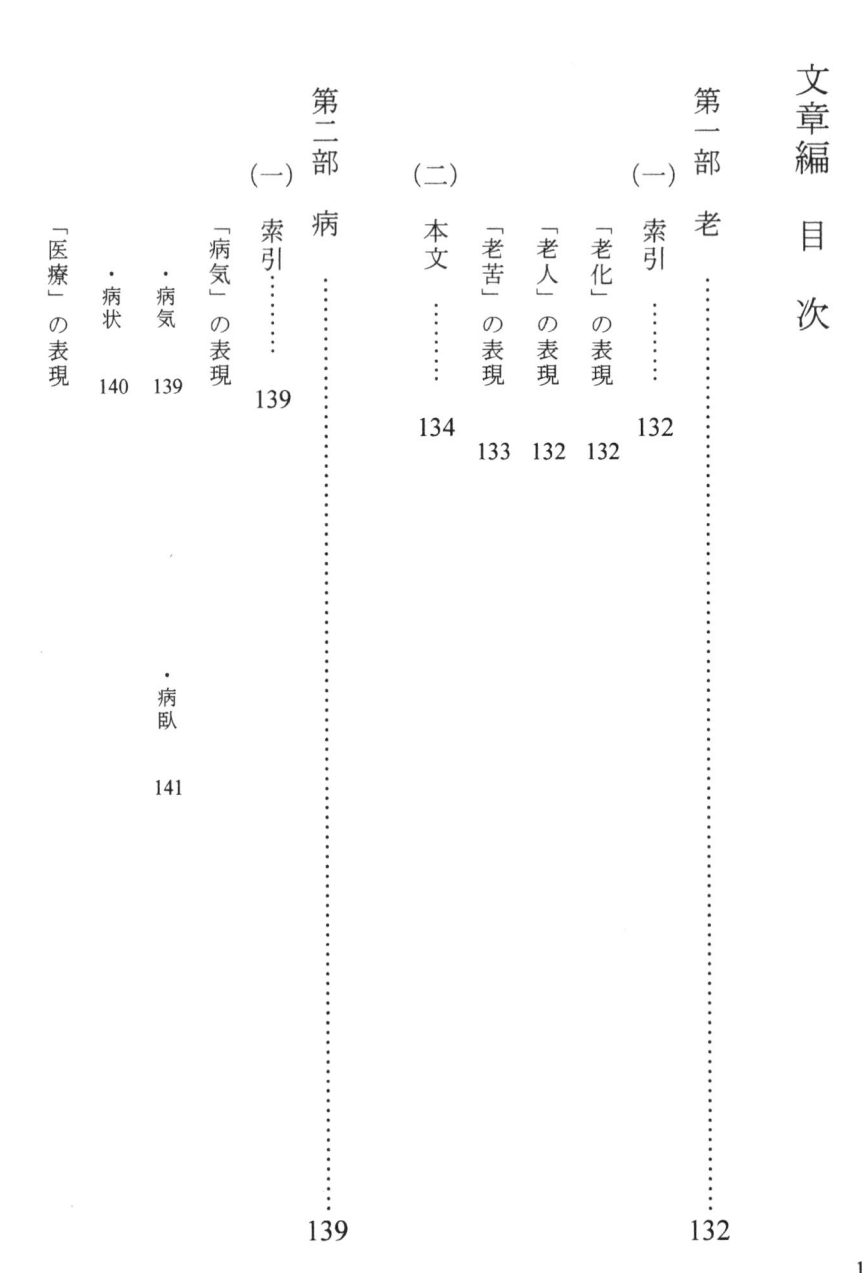

文章編 目次

第一部 老 ……………………………………… 132

(一) 索引 ……………………………………… 132
  ・「老化」の表現 132
  ・「老人」の表現 132
  ・「老苦」の表現 133

(二) 本文 ……………………………………… 134

第二部 病 ……………………………………… 139

(一) 索引 ……………………………………… 139
  ・「病気」の表現
  ・病気 139
  ・病状 140
  ・病臥 141
  ・「医療」の表現

128

文章編　目　次

第三部　死 ……………………………………………………… 152

(一) 索引 ……………………………………………………… 152

- 「死」の表現
  - 死 152
  - 死ぬ 152
  - 臨終 154
  - 死道 154

(二) 本文 …………………………………………………… 144

- 病苦 143
- その他の表現
  - 瘡 143
  - 痩身 143
  - 失明 143
  - 無事 143
- 「病苦」の表現
- 回復 142
- 「回復」の表現
- 医師 141
- 医師（人名） 141
- 治療 142
- 薬 142

II 文章編

- 溺死 154
- 自死 154
- 経死 154
- 「死人」の表現 154
  - 死人 154
  - 故人 155
- 「葬送」の表現 155
  - 挽歌 155
  - 殯宮 155
  - 移送 155
- 「墓」の表現 156
- 「黄泉」の表現 156
  - 黄泉 156
- 「命」の表現 156
  - 命 156

- 殉死 154
- 死苦 154
- 死妻 155
- 火葬 155
- 葬送 155
- 捐生 156

130

文章編　目次

(二)

- 「殺」の表現
  - 薄命　156
  - 殺す　157
- その他の死に関わる表現
  - 不幸　157
  - 諡　157
  - 霊　158
- 本文　159

- 寿命　157
- 仏事　158
- その他　158

Ⅱ　文章編

第一部　老

（一）索引

「老化」の表現

徃而不レ反者年 …… ⑤八九七・文 (16) 135
偕老 …… ⑤七九四・序 (5) 134
偕老 …… ⑤八六四・序 (9) 135
筋力尫羸 …… ⑤八九七・文 (13) 136
歳月競流　晝夜レ不息 …… ⑤八九七・文 (15) 137
衰老 …… ⑯三八六九・左注 (29) 138
年矢不レ停 …… ⑤八六四・文 (10) 135
年老 …… ⑤八九七・文 (14) 136
鬢髮斑白 …… ⑤八九七・文 (12) 136
老疾 …… ⑤八九七・文 (17) 137
老身 …… ⑤八九七・題詞 (18) 138

「老人」の表現

嫗 …… ②二二六・左注 (1) 134
〃 …… ②二二六・題詞 (2) 134
〃 …… ②二二七・題詞 (3) 134
〃 …… ②二二七・題詞 (4) 134
古老 …… ⑤八一三・序 (8) 135
叔父 …… ⑯三七九一・題詞 (25) 138
老翁 …… ⑯三七九一・題詞 (21) 138
老親 …… ⑤八八六・序 (11) 136
竹取翁 …… ⑯三七九一・題詞 (22) 138
翁 …… ⑯三七九一・題詞 (28) 138
〃 …… ⑯三七九一・題詞 (23) 138
〃 …… ⑯三七九一・題詞 (26) 138
〃 …… ⑯三七九一・題詞 (27) 138

132

第一部　老

「老苦」の表現

経レ年辛苦 ……………⑤八九七・題詞・(19)・138
歎レ旧 …………………⑩一八八四・題詞・(20)・138
二毛之歎 ………………⑤八〇四・序・(7)・134
八大辛苦 ………………⑤八〇四・序・(6)・134

133

Ⅱ　文章編

（二）本文

大伴田主字曰二仲郎一　容姿佳艷風流秀絶　見人聞者靡レ不二歎息一也　時有二石川女郎一　自成二雙栖之感一恒悲二獨守之
難一　意欲レ寄レ書未レ逢二良信一　爰作二方便一似二賤嫗(1)一　己提二堝子一而到二寝側一　哽音躑足叩レ戸諮曰　東隣貧女将レ
取二火来一矣　於是仲郎暗裏非レ識二冒隱之形一　慮外不レ堪二拘接之計一　任レ念取レ火就レ跡歸去也　明後女郎既恥二自媒
之可一レ愧　復恨二心契之弗一レ果　因作二斯歌一以贈二諧戯一焉　　（②二六・左注）

天皇賜二志斐嫗(2)御歌一首　嫗(4)名未詳　　（③三六・題詞）
志斐嫗(3)奉和歌一首　　　　　　　　　　　（③三七・題詞）

盖聞　四生起滅方二夢皆空一　三界漂流喩二環不一レ息　所以維摩大士在二于方丈一　有レ懷二染疾之患一　釋迦能仁坐二於雙
林一　無レ免二泥洹之苦一　故知　二聖至極不レ能レ拂二力負之尋一　至二三千世界誰能逃二黒闇之捜来一　二鼠競走而度二目之鳥
旦飛一　四蛇争侵而過レ隙之駒夕走　　嗟乎痛哉　紅顏共二三從一長逝　素質与二四徳一永滅　何圖　偕老(5)違二於要期一獨飛
生二於半路一　蘭室屛風徒張　断腸之哀弥痛　枕頭明鏡空懸　染筠之涙逾落　泉門一掩　無レ由二再見一　嗚呼哀哉
　　易レ集難レ排(6)八大辛苦　　難レ遂易レ盡百年賞樂　古人所レ歎今亦及レ之　所以因作二一章之歌一以撥二二毛之歎(7)一　其歌曰
　　　　　　　　　　　　　　　　　　　　　　　　　　　　　　　　　　　　　（⑤七九四・悼亡文・山上憶良）
　　　　　　　　　　　　　　　　　　　　　　　　　　　　　　　　　　　　　（⑤八〇四・哀世間難住歌序・山上憶良）

134

第一部　老

筑前國怡土郡深江村子負原　臨海丘上有二石　大者長一尺二寸六分　圍一尺八寸六分　重十八斤五兩　小者長一尺一寸　圍一尺八寸　重十六斤十兩　並皆隨圓狀如鷄子　其美好者不可勝論　所謂徑尺璧是也　或云　此二石者肥前國彼杵郡平敷之石　當占而取之　去深江驛家二十許里近在路頭　公私徃來　莫不下馬跪拜　**古老**相傳曰　徃者息長足日女命征討新羅國之時　用茲兩石　插著御袖之中　以為鎮懷　實是御裳中矣　所以行人敬拜此石　乃作歌曰

（⑤八一三・鎮懷石歌序）

余以暫徃松浦之縣　逍遙臨玉嶋之潭遊覽　忽値釣魚女子等也　花容無雙　光儀無匹　開柳葉於眉中　發桃花於頰上　意氣凌雲　風流絕世　僕問曰　誰鄉誰家兒等　若疑神仙者乎　娘等皆咲答曰　兒等者漁夫之舍兒　草菴之微者　無鄉無家　何足稱云　唯性便水　復心樂山　或臨洛浦而徒羨玉魚　乍臥巫峽以空望烟霞　今以邂逅相遇貴客　不勝感應輒陳疑曲　而今而後豈可非**偕老**哉　下官對曰　唯々　敬奉芳命

因贈詠歌曰（⑤八五三・序）

于時日落山西　驪馬将去　遂申懷抱

宜啓　伏奉四月六日賜書　跪開封函　拜讀芳藻　心神開朗　似懷泰初之月　鄙懷除袪　若披樂廣之天　至若**羈**旅邊城　懷古舊而傷志　**年矢不停**(10)　憶平生而落涙　但達人安排　君子無悶　伏冀　朝宜懷翟之化　暮存放龜之術　架張趙於百代　追松喬於千齡耳　兼奉垂示　梅苑芳席　群英擒藻　松浦玉潭　仙媛贈答類　杏壇各言之作　疑衡皐稅駕之篇　耽讀吟諷　戚謝歡怡　宜戀主之誠　誠逾犬馬仰德之心　同葵藿　而碧海分地　白雲隔天　徒積傾延　何慰勞緒　孟秋膺節　伏願萬祐日新　今因相撲部領使謹付

片紙一　宜謹啓　不次

（⑤八六四・吉田宜書狀・吉田宜）

Ⅱ 文章編

大伴君熊凝者　肥後國益城郡人也　年十八歳　以二天平三年六月十七日一　為二相撲使一國司官位姓名從人一　參二向京

都一　為レ天不レ幸在レ路獲レ疾　即於二安藝國佐伯郡高庭驛家一身故也　臨レ終之時　長歎息曰　傳聞　假合之身易レ滅

泡沫之命難レ駐　所以千聖已去　百賢不レ留　況乎凡愚微者何能逃避　但我 **老親**（11）並在二菴室一　待レ我過レ日　自有レ傷

心之恨一　望レ我違レ時　必致二喪明之泣一　哀哉我父　痛哉我母　不レ患二一身向レ死之途一　唯悲二二親在レ生之苦一　今

日長別　何世得レ觀　乃作二歌六首一而死　其歌曰　（⑤八八六・大伴熊凝歌序・山上憶良）

竊以　朝夕佃二食山野一者　猶無二災害一而得レ度レ世

晝夜釣二漁河海一者　尚有二慶福一而全二經俗一　謂下漁夫潛女各有レ所レ勤　男者手把二竹竿一能釣二波浪之上一　女者腰帶二鑿籠一潛採二深潭之底一者上也

況乎我從二胎生一迄二于今日一　自有二修善之志一　曾無二作惡之心一　謂下聞二諸惡莫作諸善奉行之教一也　所以礼二拜三寶一　無二日不レ

勤　毎日誦經發露懺悔也　敬二重百神一　鮮二夜有一レ闕　謂二敬二拜天地諸神等一也　嗟乎媿哉我犯二何罪一遭二此重疾一　謂下未レ知二過去所レ造

之罪若是現前所レ犯之過一　無レ犯二罪過一何獲二此病一乎上　初沈二痾已來　年月稍多　謂レ經二十餘年一也　是時年七十有四　**鬢髮斑白**（12）　**筋力尪**（13）

跛レ足之驢一　吾以二身已穿俗　心亦累レ塵　欲レ知二禍之所レ伏　崇之所レ隱　龜卜之門　巫祝之室　無二不レ往問一　若

實若妄　隨二其所一レ教　奉二幣帛一　無レ不二祈禱一　然而弥レ増レ苦　曾無二減差一　吾聞　前代多有二良醫一　救二療蒼生

病患一　至レ若二楡樹扁鵲華他秦和緩葛稚川陶隱居張仲景等一　皆是在レ世良醫無レ不二除愈一也　扁鵲姓秦字越人　勃海郡人也　割レ

胸採レ心易而置之投以二神藥一即寤如レ平也　華他字元化　沛國譙人也　若有二病結積沈重在レ内者一剝レ膓取レ病縫復摩レ膏四五日差定

不レ但 **年老**（14）　復加二斯病一　諺曰　痛瘡灌レ塩　短材截レ端　此之謂也　四支不レ動　百節皆疼　身體太重　猶レ負二

鈞石一　廿四銖為二一兩一　十六兩為二一斤一　卅斤為二一鈞一　四鈞為二一石一　合二百廿斤也　懸布欲レ立　如二折レ翼之鳥一　倚レ杖且歩　比二

追二望件醫一　非二敢所レ及

第一部 老

若逢二聖醫神藥一者 仰願 割二剔五藏一抄二探百病一 尋二達膏肓之隩處一 盲鬲也 心下為レ膏 攻レ之不レ可レ達レ之不レ及レ藥不レ至焉 欲レ顯二二豎

之逃匿一謂二晉景公疾秦醫緩視而還一可レ謂二為レ鬼所レ致也一 命根既盡 終二其天年一 尚為レ哀 聖人賢者一切含靈誰免二此道一乎 何況生錄未レ半為二

鬼枉敓一 顏色壯年 為二病横困一者乎 在レ世大患 孰甚二于此一 志恠記云 廣平前大守北海徐玄方之女 年十八歲而死 其靈謂二馮馬子一曰 案二

生錄一當二壽八十餘歲一 今為二妖鬼一所二枉敓一已經二四年一 此遇二馮馬子一乃得二更活一是也 内教云 瞻浮州人壽百二十歲 謹案此數非レ必不レ得レ過レ此 故壽延經云

有二比丘一名曰二難達一臨二命終時一詣二佛請レ壽一 則延二十八年一 但善為者天地相畢 其壽夭者業報所レ招 隨二其脩短一而已 未レ盈二斯竿一而逝死去 故日レ未レ半

也 任徵君曰 病從レ口入 故君子節二其飲食一 由レ斯言之 人遇二疾病一不レ必妖鬼 夫醫方諸家之廣説 飲食禁忌之厚訓 知易行難之鈍情 三者盈レ目滿レ耳由来久矣

抱朴子曰 人但不レ知二其當レ死之日一 故不レ憂耳 若誠知レ羽翮可レ得レ延レ期者 必將レ為レ之 以レ此而観 乃知我病盖斯飲食所レ招而不レ能二自治一者乎 帛公略

説曰 伏思自勵以二斯長生一 生可レ貪也 死可レ畏也 天地之大德曰レ生 故死人不レ及二生鼠一 雖為二王侯一 一日絶レ氣 積金如二

山一 誰為レ富哉 威勢如レ海 誰為レ貴哉 遊仙窟曰 九泉下人 一錢不レ直 孔子曰 受レ之於天 不レ可二變易一者 形也

受レ之於命一 不レ可二請益一者壽也 見二鬼谷先生相人書一 故知二生之極貴命之至重一 欲レ言レ窮 何以言之 欲レ慮レ絶 何

由慮レ之 惟以人無二賢愚一 世無二古今一 咸悉嗟歎 **歲月競流 晝夜不レ息** 曾子曰 **性而不レ反者年也** 宣尼臨二川之歎亦是矣也 **老疾**相

催 朝夕侵動 一代歡樂 未レ盡二席前一 魏文惜二時賢一詩曰 未レ盡二西苑夜一 劇作二北邙塵一也 千年愁苦更繼二坐後一 古詩云 人生不レ滿二百何懷二千

年憂一矣 若夫群生品類 莫レ不下皆以レ有レ盡之身一並求二中無レ窮之命上 所以道人方士 自負二丹經一入二於名山一而合レ藥者 養二

性恬レ神以求二長生一 抱朴子曰 神農云 百病不レ愈 安得二長生一 生好物也 死惡物也 若不レ幸而不レ得二

長生一者 猶以下生涯無二病患一者上為二福大一哉 今吾之為レ病見レ悩不レ得二臥レ牀一 向東向西莫レ知レ所レ為 無二福至甚惣集二

于我一 人願天從 如有レ實者 仰願 頓除二此病一頼得レ如レ平 以レ鼠為レ喩 豈不レ愧乎 已見二上一也

（⑤八九七・沈痾自哀文・山上憶良）

老身[18]重病**経レ年辛苦**[19]及思二兒等一歌七首　長一首短六首　（⑤八九七・老身重病歌題詞・山上憶良）

歎レ舊[20]　（⑩一八八四・題詞）

昔有二**老翁**[21]一　号曰二**竹取翁**[22]一也　此**翁**[23]季春之月登レ丘遠望　忽値二煑レ羹之九箇女子一也百嬌無レ儔花容無レ止　于レ時娘子等呼二**老翁**[24]一嗤曰　**叔父**[25]来乎　吹二此燭火一也　於レ是**翁**[26]曰唯ゝ　漸趍徐行著二接座上一　良久娘子等皆共含レ咲相推讓之曰阿誰呼二此**翁**[27]一哉尓乃**竹取翁**[28]謝之曰　非慮之外偶逢二神仙一　迷惑之心無二敢所一レ禁　近狎之罪希贖以レ歌　即作歌一首并短歌　（⑯三七九一・題詞）

右以神龜年中大宰府差二筑前國宗像郡之百姓宗形部津麻呂一宛二對馬送粮舶柁師一也　于レ時津麻呂詣二於滓屋郡志賀村白水郎荒雄之許一語曰　僕有二小事一若疑不レ許歟　荒雄答曰　走雖レ異レ郡同レ船日久　志篤二兄弟一在二於殉死一　豈復辞哉　津麻呂曰　府官差レ僕宛二對馬送粮舶柁師一　容歯**衰老**[29]不レ堪二海路一　故来祗候　願垂二相替一矣　於レ是荒雄許諾遂従二彼事一自二肥前國松浦縣美祢良久埼一發レ舶直射二對馬一渡レ海　登時忽天暗冥暴風交レ雨竟無二順風一沈二沒海中一焉因レ斯妻子等不レ勝二犢慕一裁二作此歌一　或云　筑前國守山上憶良臣悲二感妻子之傷一述レ志而作二此歌一

（⑯三八六九・左注）

第二部　病

(一)　索引

「病気」の表現

・病気

悪疾…⑱四一〇六・文・(146)・150
枉疾…⑰三九六二・題詞・(137)・149
⑰三九六五・文・(139)・149
鬼……⑤八九七・文・(100)・147
⑤八九七・文・(101)・147
鬼病…⑮三六八八・題詞・(128)・149
御病…②一四八・題詞・(34)・144
疾……⑤八八六・題詞・(55)・146
⑤八九七・文・(96)・147
⑤八九七・序・(121)・148
疾病…⑤八九七・文・(106)・147
疾疢
…*1⑯三八〇四・題詞・(129)・149
痾疢
…*1⑯三八一三・左注・(132)・149
重疾…⑤八九七・文・(58)・146
重病…⑤八九七・題詞・(122)・148
染疾
…*1⑤七九四・文・(49)・145
足疾…②一二八・左注・(31)・144
大患…⑤八九七・文・(103)・147
沈痾
…*1⑤八九七・題詞・(57)・146
沈レ痾
…*1⑤八九七・文・(60)・146
沈痾
…*1⑥九七八・題詞・(124)・148
沈痾
…*1⑥九七八・左注・(125)・148
沈ニ運病一
…*1③四六一・左注・(39)・144

Ⅱ 文章編

二豎……⑤八九七・文・(95) 147
百病……⑤八九七・文・(116) 148
＊1 ⑤八九七・文・(90) 147

病……
 ＊1 ②一二三・題詞・(30) 144
 ②一五八・左注・(35) 144
 ③四五九・左注・(37) 144
 ④五六七・左注・(45) 144
 ＊1 ④五六七・左注・(47) 144
 ⑤八九七・文・(59) 146
 ⑤八九七・文・(61) 146
 ⑤八九七・文・(86) 147
 ＊1 ⑤八九七・文・(86) 147
 ＊1 ⑤八九七・文・(102) 147
 ＊1 ⑤八九七・文・(105) 147
 ⑤八九七・文・(109) 147

＊1 ⑤八九七・文・(119) 148
＊1 ⑤八九七・文・(120) 148
＊1 ⑧一四七二・左注・(127) 149
⑰三九六六・左注・(138) 149
⑰三九六七・左注・(145) 150
＊1 ⑳四〇三・左注・(147) 151
＊1 ⑳四六八・題詞・(148) 151
病患……⑤八九七・文・(72) 147
病患……⑤八九七・文・(118) 148
不豫……②一二七・題詞・(32) 144
妖鬼……⑤八九七・題詞・(33) 144
老疾……⑤八九七・文・(104) 147
・病状……⑤八九七・文・(107) 147

為ν病見ν悩不ν得二臥坐一 ⑤八九七・文・(111) 147

＊1 ⑤八九七・文・(119) 148
還知染ν懊脚跨跀……⑰三九六六・文・(144) 150
倚ν杖且ν歩 比二跛ν足之驢一……⑤八九七・文・(67) 146
懸ν布欲ν立 如二折ν翼之鳥一……⑤八九七・文・(66) 146
四支不ν動……⑤八九七・文・(63) 146
疾……＊1 ⑥九六八・左注・(126) 148
所疾之状……＊1 ⑥九六八・左注・(126) 148
身體太重 猶ν負二鈞石一……⑥九六八・左注・(126) 148
身体疼羸勵力怯軟……⑤八九七・文・(65) 146

140

…⑰三九六五・文・(141)・149
百節皆疼…⑤八九七・文・(64)・146
不レ耐二策レ杖之勞…⑰三九六五・文・(142)・149
不レ愈…＊1⑤八九七・文・(117)・148
・病臥
臥…⑯三八〇五・題詞・(131)・149
臥レ病…＊1②一二三・題詞・(30)・144
＊1⑰三九六四・左注・(138)・149
＊1⑰三九七七・左注・(145)・150
＊1⑳四四六八・題詞・(148)・151
疾二苦枕席一…＊1④五六七・左注・(44)・144
沈痾…＊1⑤八九七・題詞・(57)・146
＊1⑥九七八・題詞・(124)・148
＊1⑥九七八・左注・(125)・148
沈レ痾…＊1⑤八九七・文・(60)・146
沈二運病一…＊1③四六一・左注・(39)・144
沈二臥疾疢一…＊1⑯三八〇四・題詞・(129)・149
沈二臥痾疢一…＊1⑯三八一三・左注・(132)・149
独臥二帷幄之裏一…⑰三九六五・文・(143)・149

「医療」の表現

・医師
醫…⑤八九七・文・(87)・147
⑤八九七・文・(97)・147
醫方諸家…⑤八九七・文・(108)・147
聖醫…⑤八九七・文・(88)・147
良醫…⑤八九七・文・(70)・147
⑤八九七・文・(81)・147
・医師（人名）
華他…⑤八九七・文・(75)・147
⑤八九七・文・(85)・147
葛稚川…⑤八九七・文・(78)・147
緩…⑤八九七・文・(77)・147
⑤八九七・文・(98)・147
秦和…⑤八九七・文・(76)・147
張仲景

Ⅱ　文章編

陶隠居 ……⑤八九七・文・(80) 147
扁鵲 ……⑤八九七・文・(79) 147
　　　……⑤八九七・文・(74) 147
藥師高氏義通 ……⑤八九七・文・(83) 147
藥師張氏福子 ……⑤八三五・注・(53) 145
　　　……⑤八二九・注・(52) 145
榆枌 ……⑤八九七・文・(73) 147
・治療
温泉 ……③四六一・左注・(41) 144
　　　……③四六一・左注・(42) 144
割レ胸採レ心易而置之投以二神藥一即瘥如レ平也 …*1⑤八九七・文・(84) 147

割二剖五蔵一抄二探百病一 …*1⑤八九七・文・(90) 147
檢護 ……③四五九・左注・(36) 144
攻 ……⑤八九七・文・(92) 147
視 ……⑤八九七・文・(99) 147
若有二病結積沈重在レ内者一剖 ……⑤八九七・文 147
腸取レ病結縫復摩膏四五日差定 ……⑤八九七・文・(86) 147
尋二達膏肓之隩處一 ……⑤八九七・文・(91) 147
達 ……⑤八九七・文・(93) 147
療 ……④五六七・左注・(48) 144
令レ省二卿病一 ……④五六七・左注・(45) 144
・藥
醫藥 ……③四五九・左注・(38) 144

餌藥 ……③四六一・左注・(40) 144
神藥 …*1⑤八九七・文・(84) 147
丹経 ……⑤八九七・文・(89) 147
藥 ……⑤八九七・文・(113) 148
養レ性 ……⑤八九七・文・(114) 148
　　　……⑤八九七・文・(115) 148
・回復
「回復」の表現
救療 ……⑤八九七・文・(71) 147
減差 ……⑤八九七・文・(69) 147
差定 ……⑤八九七・文・(86) 147
　　　……*1⑤八九七・文・(94) 147
自治 ……⑤八九七・文・(110) 147

142

除愈…⑤八九七・文・(82)・147

平

…*1⑤八九七・文・(84)・147

平復…④五六七・左注・(46)・144

愈

…*1⑤八九七・文・(117)・148

「病苦」の表現

・病苦

為㆓病横困㆒

…*1⑤八九七・文・(102)・147

為㆑病見㆑悩不㆑得㆓臥坐㆒

…*1⑤八九七・文・(119)・148

苦…⑤八九七・文・(68)・147

経㆑年辛苦

…⑤八九七・題詞・(123)・148

疾苦

…*1④五六七・左注・(44)・144

染疾之患

…*1⑤七九四・文・(49)・145

千年愁苦

…⑤八九七・文・(112)・147

痛苦…⑰三九六五・文・(140)・149

頓除㆓此病㆒頼得㆑如㆑平

…*1⑤八九七・文・(120)・148

八大辛苦

…⑤八〇四・序・(50)・145

疲羸…⑯三八〇四・題詞・(130)・149

⑯三八一三・左注・(133)・149

労緒…⑤八六四・文・(54)・146

その他の表現

・瘡

瘡…④五六七・左注・(43)・144

⑤八九七・文・(62)・146

・痩身

形似㆓飢饉㆒

…⑯三八五四・左注・(136)・149

身體甚痩

…⑯三八五四・左注・(135)・149

痩人…⑯三八五三・題詞・(134)・149

・失明

致㆓喪㆑明之泣㆒

…⑤八八六・題詞・(56)・146

・無事

無㆑恙

…⑤八〇六・文・(51)・145

（二）本文

三方沙弥娶₂園臣生羽之女₁未₂経₂幾時₁臥₂病₁作歌三首（②一二三・題詞）

右依₂中郎足疾₁贈₂此歌₁問訊也（②一二六・左注）

天皇聖躰不豫之時太后奉御歌一首（②一四七・題詞）

一書曰近江天皇聖躰不豫御病急時太后奉献御歌一首（②一四八・左注）

紀曰 七年戊寅夏四月丁亥朔癸巳十市皇女卒然病發薨₂於宮中₁ 而醫藥無₂驗逝水不₂留 因₂斯悲慟即作₂此歌₁（②一五六・題詞）

右一首勅₂内礼正縣犬養宿祢人上₁使₂檢₂護御病₁

右新羅國尼名曰₂理願₁也 遠感₂王德₁歸₂化聖朝₁ 於是大家石川命婦依₂餌藥事₁徃₂有間温泉₁ 而不₂會₂此喪₁ 但郎女獨留葬₂送屍柩₁既訖 仍作₂此歌₁贈₂入温泉₁（③四六〇・左注）

以前天平二年庚午夏六月 帥大伴卿忽生₂瘡脚₁疾₂苦枕席₁ 因₂此馳₂驛上奏 望₂請庶弟稲公姪胡麻呂₁欲₂語₂遺言₂者 勅₂右兵庫助大伴宿祢稲公治部少丞大伴宿祢胡麻呂兩人₁ 給₂驛發遣令₂省₂卿病₁ 而逕₂數旬₁幸得₂平復₁

于₂時稲公等以₂病既療₁發₂府上京₁ 於是大監大伴宿祢百代少典山口忌寸若麻呂及卿男家持等相送₂驛使₁共到₂夷

第二部 病

守驛家㆒ 聊飲悲㆓別乃作㆑此歌㆒ （五六七・左注）

盖聞 四生起滅方㆓夢皆空㆒ 三界漂流喩㆓環不㆑息

雙林㆒ 無㆑免㆓泥洹之苦㆒ 故知 二聖至極不㆑能㆓拂㆑力負至㆓三千世界誰能逃㆑黑闇之搜來㆒ 二鼠競走而度㆑目之

鳥旦飛㆒ 四蛇爭侵而過㆓隙之駒夕走㆒ 嗟乎痛哉 紅顏共㆓三從㆒長逝 素質与㆓四德㆒永滅 偕老違㆑於要期㆒獨飛

生㆓於半路㆒ 蘭室屏風徒張 斷腸之哀弥痛 枕頭明鏡空懸 染筠之涙逾落 泉門一掩 無㆑由㆑再見 嗚呼哀哉

易㆑集難㆑排(50)八大辛苦 難㆑遂易㆑盡百年賞樂 古人所㆑歎今亦及㆑之 所以因作㆓一章之歌㆒ 其歌曰

伏辱㆓來書㆒ 具承㆓芳旨㆒ 忽成㆓隔㆑漢之戀㆒ 復傷㆓抱㆑梁之意㆒ 唯羨去留㆓無㆑恙㆒ (51)遂待㆓披雲㆒耳 （五八〇六・文・大伴旅人）

烏梅能波奈 佐企弖知利奈婆 佐久良婆那 都伎弖佐久倍久 奈利爾弖阿良受也也 (52)藥師張氏福子 （五八二九・注）

波流佐良婆 阿波武等母比之 烏梅能波奈 家布能阿素毗爾 阿比美都流可母 (53)藥師高氏義通 （五八三五・注）

宜啓 伏奉㆓四月六日賜書㆒ 跪開㆑封函 拜讀㆓芳藻㆒ 心神開朗 似㆑懷㆓泰初之月㆒ 鄙懷除祛 若㆑披㆓樂廣之天㆒

至㆑若下羇㆓旅邊城㆒ 懷㆓古舊㆒而傷㆑志 年矢不㆑停 憶㆓平生㆒而落上㆑淚 但達人安㆑排 君子無㆑悶 伏冀 朝宜㆑懷㆑

翟之化㆒ 暮存㆓放㆑龜之術㆒ 架㆑張趙於百代㆒ 追㆓松喬於千齡㆒ 兼奉㆓垂示㆒ 梅苑芳席 群英擿藻 松浦玉潭

仙媛贈答類㆓杏壇各言之作㆒ 疑㆓衡皐稅駕之篇㆒ 耽讀吟諷 戚謝歡怡 宜戀㆑主之誠 誠逾㆓犬馬㆒仰㆑德之心 心同㆓

Ⅱ　文章編

葵薤一　而碧海分レ地　白雲隔レ天　徒積レ傾延一　何慰二勞緒(54)一　孟秋鷹レ節　伏願萬祐日新　今因二相撲部領使一　謹付二

片紙一　宜謹啓　不次　（⑤八六四・吉田宜書狀・吉田宜）

大伴君熊凝者　肥後國益城郡人也　年十八歲　以二天平三年六月十七日一　爲二相撲使一國司官位姓名從人一　參二向京

都一　爲レ天不レ幸在レ路獲レ疾(55)　即於二安藝國佐伯郡高庭驛家一身故也　臨終之時　長歎息曰　傳聞　假合之身易レ滅

泡沫之命難レ駐　所以千聖已去　百賢不レ留　況乎凡愚微者何能逃避　但我老親並在二菴室一　待レ我過レ日　自有二傷レ心

之恨一　望レ我違レ時　必致二喪レ明之泣(56)一　哀哉我父　痛哉我母　不レ患二一身向レ死之途一　唯悲二二親在レ生之苦一　今

日長別　何世得レ觀　乃作二歌六首二而死　其歌曰

　　　（⑤八八六・大伴熊凝歌序・山上憶良）

沈痾(57)*1自哀文　山上憶良作　（⑤八九七・沈痾自哀文題詞・山上憶良）

竊以　朝夕佃二食山野一者　猶無二災害一而得度二世

畫夜釣二漁河海一者　尚有二慶福一而全二經俗一　謂下漁夫潛女各有レ所レ勤　男者手把二竹竿一能釣二波浪之上一　女者腰帶二鑿籠一潛採二深潭之底一者上也

況乎我從レ胎生二迄于今日一　自有二修善之志一　曾無二作惡之心一　謂二閒二諸惡莫作諸善奉行之教一一也　所以二禮二拜三寳一　無二日不レ

勤　毎日誦經發露懺悔也　敬二重百神一　鮮二夜有一闕　嗟乎媿哉我犯二何罪一遭二此重疾(58)一　謂下未レ知二過去所レ造

之罪若是現前所レ犯之過一　無レ犯二罪過一何獲二此病一乎上

　　　(59)
贏　不二但年老一復加二斯病一　諺曰　痛瘡(62)灌レ鹽　短材截レ端　此之謂也

鈞石一　廿四銖爲二一兩一　十六兩爲二一斤一　卅斤爲二一鈞一　四鈞爲二一石一　合二百廿斤也

跛レ足之驢一　吾以二身已穿レ俗　心亦累レ塵　欲レ知レ禍之所レ伏　崇之所レ隱　龜卜之門　巫祝之室　無レ不二往問一

初(60)沈レ痾*1已來　年月稍多　　　(61)
　　　　　　　　　　　　　謂二經三十餘年一也

懸レ布欲レ立　如二折レ翼之鳥一　倚レ杖且レ步　比二

四支不動　百節皆疼(63)　鬢髮斑白　筋力尫(64)

身體太重　猶負(65)

146

第二部　病

若實若妄　隨二其所一教　奉二幣帛一　無レ不レ祈禱　然而弥有二增苦一　曾無二減差一(68)　吾聞　前代多有二良醫一(70)　救二療(71)

蒼生病患一(72)　至レ若二楡柎(73)　扁鵲(74)　華他(75)　秦和(76)　緩(77)　葛稚川(78)　陶隱居(79)　張仲景等一(80)　皆是在レ世良醫無レ不レ除愈(81)也(82)　扁鵲姓秦字越(83)

人　勃海郡人也　割レ胸探レ心易而置二投以二神藥一即宿如レ平也(84)　華他字元化　沛國譙人也　若有二病結橫沈重在レ内者一剖レ腹取レ病縫復摩レ膏四五日差定(86)

件醫一(87)　非二敢所一レ及　若逢二聖醫　神藥一者(89)　割二剖五藏一抄二探百病一(90)　尋二達膏肓之陲處一(91)　盲萬也　心下爲レ膏　攻レ之不レ(92)

可レ達レ之不レ及　藥一也(94)　欲レ顯二二竪之逃匿一(95)　謂二吾景公疾醫緩視而還者一可レ謂二爲レ鬼所レ敚也(96)　命根既盡　終二其天年一　尚爲レ哀(97)

切含靈誰免二此道一乎　何況生錄未レ半爲二鬼柾敚一(99)　顏色壯年(100)　爲二病横困一者乎　在レ世大患(103)　執甚二于此一　志怪記云　廣平前大守北海徐玄方(98)

歲　蓮案此數非レ必不レ得過レ此　壽延經云　有二比丘　名一難達一臨二命終時一詣レ佛請二壽一　則延二二十八年一　此遇二馮馬子一乃得二更活一是也　内教云贍浮州人壽百二十

之女　年十八歲而死　其靈謂二馮馬子一曰　案二我生錄一當二壽八十餘歲一　今爲二枉敚一已經二四年一　但善爲者天地相畢　其壽夭者業報所レ招　隨二其脩短一

而爲レ半也　未レ盈レ斯竿一而逝死去　故曰レ未レ半也　任徴君曰　病從レ口入　由レ斯言一　人遇二疾病一不レ必妖鬼(107)　夫醫方諸家之廣說　飲食禁忌之(108)

我病蓋斯飲食所レ招而不レ能二自治一者乎　帛公略説曰　伏思自勵以二斯長生一　生可レ貪也　死可レ畏也　天地之大德曰レ生　故死人不レ及二生(109)

厚訓　知易行難之鈍情　三者盈レ目滿レ耳由來久矣　故知二羽翮可レ得二延期者一必將レ爲レ之　以レ此而觀　乃知(110)

鼠一雖レ爲二王侯一　一日絶レ氣　積金如レ山　誰爲レ富哉　威勢如レ海　遊仙窟曰　九泉下人　一錢不レ直　孔子

日　受レ之於天一　不レ可二變易一者形也　受レ之於命一　不レ可二請益一者壽也　見二鬼谷先生相人書一　故知二生之極貴命之至重一

欲レ言～窮　何以言之　欲レ慮～絶　何由慮之　惟以人無二賢愚一　世無二古今　咸悉嗟歎　歲月競流　晝夜不レ息　曾子曰(112)

性而不レ反者年也宜二臨レ川之歎亦是矣也(111)　老疾相催　朝夕侵動　一代歡樂　未レ盡二席前一　魏文惜二時賢一詩曰　未レ盡二西苑夜一劇作二北邙塵一也

年愁苦更継二坐後一　古詩云　人生不レ滿レ百何懷二千歲憂一矣　若夫群生品類　莫レ不下皆以二有レ盡之身一並求中無二窮之命上　所以道人

千

II 文章編

方士 自負二丹經一 入二於名山一而合二 (113)
帛公又曰 生好物也 死惡物也 若不幸而不レ得二長生一者
得二臥坐一 向東向西莫レ知レ所レ為 無レ福至甚惣集二于我一 人願天從 如有レ實者 仰願 (118)
以レ鼠為レ喻 豈不レ愧乎 已見レ上也 **百病 不レ愈** 安得二長生一 (116)(117)
竊以 釋慈之示教 先開三二歸 謂レ歸二依佛法僧一 五戒 而化二法界一 謂二不敦二二不偸盗三不邪婬四不妄語五不飮酒一也 (120)*1
周孔之垂訓 前張二三綱一 謂二君臣父子夫婦一 五教 謂二父義母慈兄友弟順子孝一 故知 引導雖レ二 得レ悟惟一也 **頓除二此病一頼得レ如レ平** (119)*1
但以世無二恒質一 所以陵谷更變 人無二定期一 所以壽天不レ同 撃目之間 百齡已盡 申臂之頃 千代亦空 旦作二 (5)八九七・沈痾自哀文・山上憶良
席上之主一 夕為二泉下之客一 白馬走來黃泉何及 隴上青松空懸二信劍一 野中白楊但吹二悲風一 是知 世俗本無二隱
遁之室一 原野唯有二長夜之臺一 先聖已去 後賢不レ留 如有レ贖而可レ免者 古人誰無二價金一乎 未レ聞下獨存遂見二
世終一者上 所以維摩大士 疾二玉體于方丈一 釋迦能仁掩二金容于雙樹一 内教曰 不レ欲レ入二黑闇之後來一 莫レ入二徳天之 (121)
先至一 徳天者生也黑闇者死也 故知 生必有レ死 死若不レ欲 不レ如レ不レ生 况乎縱覺二始終之恒數一 何慮二存亡之大期一
者也 (5)八九七・悲歎俗道詩序・山上憶良
老身重病經レ年辛苦及思二兒等一歌七首 長一首短六首 (5)八九七・老身重病歌題詞・山上憶良 (122)(123)
山上臣憶良**沈痾**之時歌一首 (6)八九八・題詞 (124)*1
 右一首山上憶良臣**沈痾**之時 藤原朝臣八束使二河邊朝臣東人一令レ問二所レ苦之状一 於レ是憶良臣報語已畢 有レ須拭レ (125)*1 (126)*1
涕悲歎口二吟此歌一 (6)九六・左注

148

右神龜五年戊辰大宰帥大伴卿之妻大伴郎女遇レ**病**(127)長逝焉　于レ時　勅使式部大輔石上朝臣堅魚遣二大宰府一弔レ喪并賜レ物也　其事既畢驛使及府諸卿大夫等共登二記夷城一而望遊之日乃作二此歌一　（⑧一四七二・左注）

到二壹岐嶋一雪連宅満忽遇二**鬼病**(128)一死去之時作歌一首并短歌　（⑮三六八八・題詞）

昔者有二壮士一　新成二婚礼一也　未レ経二幾時一忽為二驛使一被レ遣二遠境一　公事有レ限會期無レ日　於レ是娘子　感慟悽愴**沈二臥疾疢**(129)*1一　累年之後壮士還来覆命既了　乃詣相視　而娘子之姿容**疲羸**(130)甚異言語哽咽　于レ時壮士哀嘆流レ涙裁レ歌口号　其歌一首　（⑯三八〇四・題詞）

娘子**臥**(131)聞二夫君之歌一従レ枕擧レ頭應レ聲和歌一首　（⑯三八〇五・題詞）

右傳云　時有二娘子一　姓車持氏也　其夫久逕二年序一不レ作二往来一　于レ時娘子係戀傷レ心**沈二臥痾疢**(132)*1一　**疲羸**(133)日異忽臨二泉路一　於レ是遣レ使喚二其夫君一来　而乃歔欷流涕口二号斯歌一　登時逝歿也　（⑯三八一一・左注）

嗤二咲**瘦人**(134)一歌二首　（⑯三八五三・題詞）

右有三吉田連老字曰二石麻呂一　所謂仁敬之子也　其老為レ人**身體甚瘦**(135)　雖二多喫飲一**形似二飢饉**(136)一　因レ此大伴宿祢家持聊作二斯歌一以為二戯咲一也　（⑯三八五四・左注）

忽沈二**枉疾**(137)一殆臨二泉路一　仍作二歌詞一以申二悲緒一一首并短歌　（⑰三九六二・題詞）

右天平十九年春二月廿日越中國守之舘**臥レ病**(138)*1悲傷聊作二此歌一　（⑰三九六四・左注）

忽沈二**枉疾**(139)一累旬**痛苦**(140)　禱二恃百神一且得二消損一　而由**身體疼羸筋力怯軟**(141)　未レ堪二展謝一係戀弥深　方今春朝春花流二馥於春苑一　春暮春鶯囀二聲於春林一　對二此節候一琴罇可レ翫矣　雖レ有二乗レ興之感一**不レ耐二策レ杖之勞**(142)一　**獨臥二帷幄之裏**(143)一

Ⅱ　文章編

聊作二寸分之歌一軽奉二机下一犯レ解二玉頤一　其詞曰　　（⑰三六五・序・大伴家持）

七言一首

杪春餘日媚景麗　初巳和風拂自軽

来燕銜レ泥賀レ宇入　歸鴻引レ蘆迥赴レ瀛

聞君嘯レ侶新流曲　禊飲催レ爵泛二河清一

雖レ欲レ追二尋良此宴一

　　　　　　　　　　　　　　　（144）
三月五日大伴宿祢家持臥レ病作之　　（⑰三六六・漢詩・大伴家持）
　　　　　　　　　　　　　　　（145）
教二喩史生尾張少咋一歌一首并短歌

還知染レ懊脚跉跰　　　　　　　　　　　　（⑰三六七・左注）
　　　　　　　*1

七出例云

但犯二一條一即合レ出レ之　無二七出一輙弃者徒一年半
　　　　　　　　　　　　　　　　（146）
三不去云

雖レ犯二七出一不レ合レ弃レ之　違者杖一百　唯犯レ奸悪疾得レ弃レ之

兩妻例云

有レ妻更娶者徒一年　女家杖一百離レ之

詔書云

愍二賜義夫節婦一

150

第二部　病

謹案　先件數條　建法之基　化道之源也　然則義夫之道　情存ㇾ無ㇾ別　一家同ㇾ財　豈有ㇾ忘ㇾ舊愛ㇾ新之志ㇾ哉　所以

綴ㇾ作數行之歌ㇾ令ㇾ悔ㇾ弃ㇾ舊之惑ㇾ　其詞曰　（⑱四〇六・序・大伴家持）

二月廿二日信濃國防人部領使上ㇾ道得ㇾ**病**(147)不ㇾ来　進歌數十二首　但拙劣歌者不ㇾ取ㇾ載之ㇾ　（⑳四〇三・左注）

臥ㇾ**病**(148)*1 悲ㇾ無ㇾ常ㇾ欲ㇾ脩ㇾ道作歌二首　（⑳四六八・題詞）

第三部 死

(一) 索引

「死」の表現

・死

黒闇…⑤七九四・文・(232)・164
⑤八九七・序・(285)・167
⑤八九七・序・(286)・167
喪…⑲四二一六・左注・(332)・170
臨死
…*1②二二三・題詞・(190)・161
死…③四一六・題詞・(197)・162
③四四一・題詞・(212)・162
⑤八九七・文・(265)・166
⑤八九七・文・(273)・166
⑤八九七・序・(287)・167
⑤八九七・序・(288)・167
⑤八九七・序・(289)・167
⑯三七八六・題詞・(317)・169
死斃…⑥一〇二八・左注・(294)・167
長別…⑤八八六・序・(248)・165
力負之尋至
…⑤七九四・文・(231)・164

・死ぬ

掩…⑤八九七・序・(284)・167
去…⑤八八六・序・(245)・165
⑤八九七・序・(282)・167
薨…②一〇一・題詞・(154)・159
②一五六・題詞・(166)・160
②一五八・左注・(167)・160
②一六三・題詞・(172)・160
②一九三・左注・(178)・160
②一九五・左注・(180)・160
②二〇二・左注・(183)・161
②二〇三・題詞・(184)・161
②二〇四・題詞・(186)・161

②二三〇・題詞・(193)・161
③四二五・左注・(201)・162
③四五四・題詞・(214)・163
③四七五・題詞・(221)・163
④五二八・左注・(223)・163
向㆑死之途
…*1 ⑤八八六・序・(247)・165
死…②二〇七・題詞・(187)・161
②二一七・題詞・(188)・161
②二二四・題詞・(191)・161
③四二七・題詞・(203)・162
⑤八八六・序・(249)・165
⑤八九七・文・(257)・166
*1 ⑤八九七・文・(264)・166
死去…③四六〇・題詞・(216)・163
⑤八九七・文・(263)・166

⑨一八〇四・題詞・(303)・168
⑮三六八八・題詞・(311)・168
終㆓其天年㆒
…*1 ⑤八九七・文・(253)・165
趣㆓泉界㆒
…*1 ③四六一・左注・(217)・163
銷㆑魂
…⑤八七一・文・(239)・164
身故…⑤八八六・序・(240)・164
逝水不㆑留
…③四五九・左注・(215)・163
逝歿…⑯三八一三・左注・(322)・169
泉下之客
…*1 ⑤八九七・序・(277)・167
卒…③四二〇・題詞・(199)・162
③四二三・題詞・(200)・162

⑳四四七七・題詞・(334)・170
長逝…⑤七九四・文・(233)・164
⑧一四七二・左注・(296)・167
⑰三九五七・題詞・(325)・169
不㆑留
…⑤八八六・序・(246)・165
⑤八九七・序・(283)・167
別去…③四三八・左注・(211)・162
崩…②一四九・題詞・(161)・159
②一五〇・題詞・(162)・159
②一五九・題詞・(168)・160
②一六〇・題詞・(169)・160
②一六二・題詞・(170)・160
命根既盡
…*1 ⑤八九七・文・(252)・165
滅…⑤七九四・文・(234)・164

⑤七九四・詩・(236)・164

・臨終

殆二臨泉路一……＊1⑰三九六二・題詞・(328)・170

臨レ死……＊1②二二三・題詞・(190)・161

臨レ終……⑤八八六・序・(241)・164

臨二泉路一……＊1⑯三八一三・左注・(321)・169

臨二命終時一……＊1⑤八九七・文・(261)・166

・死道

此道：⑤八九七・文・(254)・165

死之途……＊1⑤八八六・序・(247)・165

・溺死

沈二没海中一……⑯三八六九・左注・(324)・169

沈二没水底一……⑯三七八八・題詞・(320)・169

溺死：③四二九・題詞・(205)・162

・自死

自経……＊1③四四三・題詞・(213)・162

自死：⑬三三六三・左注・(305)・168

・経死

経死……＊1③四四三・題詞・(213)・162

⑯三七八六・題詞・(318)・169

・殉死

殉死：⑯三八六九・左注・(323)・169

・死苦

泥洹：⑤七九四・文・(230)・164

八大辛苦……⑤八〇四・序・(238)・164

「死人」の表現

・死人

九泉下人……＊1⑤八九七・文・(267)・166

屍：②一六五・題詞・(174)・160

②二二八・題詞・(192)・161

③四二六・題詞・(202)・162

③四三四・題詞・(208)・162

③四三七・左注・(209)・162

⑬三三三九・題詞・(307)・168

死人：②二二〇・題詞・(189)・161

③四一五・題詞・(195)・161
⑤八九七・文・(266)・166
⑨一八〇〇・題詞・(301)・168

・故人
故人……⑥一〇二六・左注・(292)・167
⑥一〇二七・左注・(293)・167
故人……③四三八・題詞・(210)・162

・死妻
死妻……③四八一・題詞・(222)・163
⑲四二三六・題詞・(333)・170
亡妻……⑮三六二六・左注・(310)・168
亡妾……③四六二・題詞・(220)・163

「葬送」の表現

・挽歌
挽歌……②一四一・題詞・(157)・159
②一四五・左注・(159)・159
③四一五・題詞・(194)・161
⑤七九四・題詞・(237)・164
⑦一四〇四・題詞・(295)・167
⑨一七九五・題詞・(300)・168
⑬三三二四・題詞・(306)・168
⑭三五七七・題詞・(308)・168
⑮三六二五・題詞・(309)・168
⑮三六九〇・左注・(312)・168
⑮三六九三・左注・(313)・168
⑮三六九六・左注・(314)・169
⑲四二一四・題詞・(330)・170

・殯宮
大殯……②一五一・題詞・(163)・160
殯宮……②一六七・題詞・(176)・160
②一六九・注・(177)・160
②一九六・題詞・(181)・161
②一九九・題詞・(182)・161

・移葬
移葬……②一六五・題詞・(173)・160
②一六六・左注・(175)・160

・火葬
火葬……③四二八・題詞・(204)・162
③四二九・題詞・(206)・162
⑰三九五七・注・(326)・170

・葬送
遺言……④五六七・左注・(224)・163
柩……②一四五・左注・(158)・159
喪……③四六一・左注・(218)・163
⑰三九五九・左注・(327)・170
葬……②一九五・左注・(179)・160
③四一七・題詞・(198)・162

葬二送屍柩一……③四六一・左注・(219)・163
弔……⑲四二二六・左注・(331)・170
弔レ喪并賜レ物也……⑧一四七三・左注・(297)・167

「墓」の表現

長夜之臺……⑤八九七・序・(281)・167
墓……*3②二〇三・題詞・(185)・161
③四三一・題詞・(207)・162
⑨一八〇一・題詞・(302)・168
⑨一八〇九・題詞・(304)・168
⑲四二一一・題詞・(329)・170
陵……*2②一五五・題詞・(164)・160
隴……⑤八九七・序・(279)・167

「黄泉」の表現

九泉……*1⑤八九七・文・(267)・166
黄泉……⑤八九七・序・(278)・167
泉下……*1⑤八九七・序・(277)・167
泉界……*1③四六一・左注・(217)・163
泉門……⑤七九四・文・(235)・164
泉路……*1⑯三八一三・左注・(321)・169
*1⑰三九六二・題詞・(328)・170

「命」の表現

・命
命……⑤七九三・序・(228)・164
*1⑤八八六・序・(243)・165
*1⑤八九七・文・(261)・166
⑤八九七・文・(268)・166
⑤八九七・文・(270)・166
⑤八九七・文・(272)・166

・捐生
捐レ生……⑯三七八六・題詞・(315)・169
貪レ死相敵……⑯三七八六・題詞・(316)・169

・薄命
一女之身易レ滅如レ露……⑯三七八八・題詞・(319)・169

第三部　死

- 假合之身易▷滅 ⑤八八六・序 (242) 164
- 俗道假合即離易▷去難▷留 ⑤八九七・序 (242) 164
- 難▷駐 ⑤八九七・題 (274) 166
- 泡沫之命 ⑤八八六・序 (244) 165
- 寿命 ＊1 ⑤八八六・序 (243) 165
- 四生起滅 ⑤七九四・文 (229) 164
- 始終之恒數 ⑤八九七・序 (290) 167
- 死之日 ⑤八九七・文 (264) 166
- ＊1 ⑤八九七・文 (264) 166
- 壽 ⑤八九七・文 (269) 166

- 壽夭 ⑤八九七・文 (262) 166
- 生録 ⑤八九七・序 (276) 167
- 存亡之大期 ⑤八九七・文 (255) 165
- 天年 ⑤八九七・序 (259) 166
- 命根 ＊1 ⑤八九七・文 (291) 167
- ＊1 ⑤八九七・文 (253) 165
- 有▷盡之身 ⑤八九七・文 (252) 165
- ＊1 ⑤八九七・文 (271) 166

「殺」の表現

- 殺す
- 攴 ⑤八九七・文 (250) 165

その他の死に関わる表現

- 所攴 ⑤八九七・文 (251) 165
- 不攴生 ⑤八九七・序 (275) 167
- 枉攴 ⑤八九七・文 (256) 166
- 不幸 ⑤八九七・文 (260) 166
- 凶問 ⑤七九三・題詞 (225) 163
- 禍故 ⑤七九三・序 (227) 164
- 諡 ⑤七九三・序 (226) 164
- 諡 ①一六・標目 (149) 159
- ①二一・題詞 (150) 159
- ①二一・標目 (151) 159
- ②八五・標目 (152) 159

157

Ⅱ 文章編

・霊
　②九一・標目 (153) 159
　②一〇三・標目 (155) 159
　②一〇五・標目 (156) 159
　②一四七・標目 (160) 159
　②一五六・標目 (165) 160
　③四一五・題詞 (196) 161

・霊
　⑤八九七・文 (258) 166

・仏事
　供養
　　⑧一五九四・左注 (299) 168

・御斎会
　　②一六二・題詞 (171) 160

・佛前
　　⑧一五九四・題詞 (298) 167

・その他
　空懸二信劔一
　　⑤八九七・序 (280) 167

158

第三部　死

（二）本文

近江大津宮御宇天皇代 天命開別天皇諡曰天智天皇 (149)　（①一六・標目）

皇太子答御歌　（②二一・題詞）

明日香清御原宮御宇天皇代 天渟中原瀛真人天皇諡曰天武天皇 (150)　（①二二・題詞）

難波高津宮御宇天皇代 大鷦鷯天皇諡曰仁徳天皇 (152)　（①二三・標目）

明日香清御原宮御宇天皇代 天渟中原瀛真人天皇諡曰天武天皇 (153)　（②八五・標目）

大伴宿祢娉巨勢郎女時歌一首 大伴宿祢諱曰安麻呂也難波朝右大臣大紫大伴長徳卿之第六子平城朝任大納言兼大将軍薨(154) 也　（②一〇一・題詞）

藤原宮御宇天皇代 高天原廣野姫天皇諡曰持統天皇元年丁亥十一年譲位軽太子尊号曰太上天皇一也 (156)　（②一〇三・標目）

右件歌等雖不挽柩(158)之時所作准擬歌意故以載於挽歌(159)類焉　（②一四五・左注）

挽(157)歌　（②一四一・部立）

近江大津宮御宇天皇代 天命開別天皇諡曰天智天皇 (160)　（②一四七・標目）

天皇崩(161)後之時倭太后御作歌一首　（②一四九・題詞）

天皇崩(162)時婦人作歌一首 姓氏未詳　（②一五〇・題詞）

Ⅱ　文章編

天皇**大殯**之時歌二首　　（②二五一・題詞）

従₂山科**御陵**退散之時額田王作歌一首〈天渟中原瀛真人天皇代天渟中原瀛真人天皇謚曰₂天武天皇₁〉　　（②一五五・題詞）

明日香清御原宮御宇天皇代〈天渟中原瀛真人天皇謚曰₂天武天皇₁〉

十市皇女**薨**時高市皇子尊御作歌三首　　（②一五六・標目）

紀曰　七年戊寅夏四月丁亥朔癸巳十市皇女卒然病發**薨**於宮₁中　　（②一五六・左注）

天皇**崩**之時大后御作歌一首　　（②一五九・題詞）

一書曰　天皇**崩**之時太上天皇御製歌二首　　（②一六〇・題詞）

天皇**崩**之後八年九月九日奉為**御齋會**之夜夢裏習賜御歌一首〈古歌集中出〉　　（②一六二・題詞）

大津皇子**薨**之後大来皇女従₂伊勢齋宮₁上₂京之時御作歌二首　　（②一六三・題詞）

移₂**葬**大津皇子**屍**於葛城二上山₁之時大来皇女哀傷御作歌二首　　（②一六五・題詞）

右一首今案不₁似₂**移葬**之歌₁　盖疑従₂伊勢神宮₁還₂京之時　路上見₁花感傷哀咽作₂此歌₁乎　　（②一六六・左注）

日並皇子尊**殯宮**之時柿本朝臣人麻呂作歌一首〈并短歌〉　　（②一六七・題詞）

茜刺　日者雖₂照有₁　烏玉之　夜渡月之　隠良久惜毛　　（②一六九・注）

右日本紀曰　三年己丑夏四月癸未朔乙未**薨**　　（②一九三・左注）

右或本日　**葬**₂河嶋皇子越智野₁之時　献₂泊瀬部皇女₁歌也　日本紀云　朱鳥五年辛卯秋九月己巳朔丁丑浄大参皇子

川嶋**薨**　　（②一九五・左注）

第三部　死

明日香皇女木鍋に⁽¹⁸¹⁾殯宮之時柿本朝臣人麻呂作歌一首并短歌　（②一九六・題詞）

高市皇子尊城上⁽¹⁸²⁾殯宮之時柿本朝臣人麻呂作歌一首并短歌　（②一九九・題詞）

右一首類聚歌林曰　檜隈女王怨泣澤神社之歌也　案日本紀云　十年丙申秋七月辛丑朔庚戌後皇子尊⁽¹⁸³⁾薨
（②二〇二・左注）

但馬皇女⁽¹⁸⁴⁾薨後穂積皇子冬日雪落遥望御墓^{*3}⁽¹⁸⁵⁾悲傷流涕御作歌一首　（②二〇三・題詞）

弓削皇子⁽¹⁸⁶⁾薨時置始東人作歌一首并短歌　（②二〇四・題詞）

柿本朝臣人麻呂妻死⁽¹⁸⁷⁾之後泣血哀慟作歌二首并短歌　（②二〇七・題詞）

吉備津采女⁽¹⁸⁸⁾死時柿本朝臣人麻呂作歌一首并短歌　（②二一七・題詞）

讃岐狭岑嶋視石中⁽¹⁸⁹⁾死人^{*1}柿本朝臣人麻呂作歌一首并短歌　（②二二〇・題詞）

柿本朝臣人麻呂在石見國⁽¹⁹⁰⁾臨死時自傷作歌一首　（②二二三・題詞）

柿本朝臣人麻呂⁽¹⁹¹⁾死時妻依羅娘子作歌二首　（②二二四・題詞）

和銅四年歳次辛亥河邊宮人姫嶋松原見⁽¹⁹²⁾嬢子屍悲嘆作歌二首　（②二二八・題詞）

霊龜元年歳次乙卯秋九月志貴親王⁽¹⁹³⁾薨時作歌一首并短歌　（②二三〇・題詞）

⁽¹⁹⁴⁾挽歌　（③四二五・部立）

上宮聖徳皇子出遊竹原井之時見龍田山⁽¹⁹⁵⁾死人悲傷御作歌一首小墾田宮御宇天皇代墾田宮御宇者豊御食炊屋姫天皇也諱額田⁽¹⁹⁶⁾部謚推古
（③四一五・題詞）

Ⅱ 文章編

大津皇子被レ死(197)之時磐余池陂流レ涕御作歌一首　　（③四六・題詞）

河内王葬(198)二豊前國鏡山(199)之時手持女王作歌三首　　（③四七・題詞）

石田王卒(200)之時丹生王作歌一首并短歌　　（③四二〇・題詞）

同石田王卒之時山前王哀傷作歌一首　　（③四二三・題詞）

右二首者或云紀皇女薨(201)後山前王代二石田王一作之也　　（③四二五・左注）

柿本朝臣人麻呂見二香具山屍(202)悲慟作歌一首　　（③四二六・題詞）

田口廣麻呂死(203)之時刑部垂麻呂作歌一首　　（③四二七・題詞）

土形娘子火(204)葬泊瀬山二時柿本朝臣人麻呂作歌二首　　（③四二八・題詞）

溺死(205)出雲娘子火(206)葬吉野二時柿本朝臣人麻呂作歌二首　　（③四二九・題詞）

過二勝鹿真間娘子墓(207)時山部宿祢赤人作歌一首并短歌　東俗語云可豆思賀能麻末乃弖胡　（③四三一・題詞）

和銅四年辛亥河邊宮人見二姫嶋松原美人屍(208)哀慟作歌四首　　（③四三四・題詞）

右案二年紀并所レ處及娘子屍(209)作歌人名已見二上一也　但歌辞相違　是非難レ別　因以累二載於茲次一焉　（③四三七・左注）

神龜五年戊辰大宰帥大伴卿思二戀故(210)人一歌三首　　（③四三八・題詞）

右一首別(211)去而經二數旬一作歌　　（③四三八・左注）

神龜六年己巳左大臣長屋王賜二死(212)之後倉橋部女王作歌一首　　（③四四一・題詞）

天平元年己巳攝津國班田史生丈部龍麻呂自経死(213)*1之時判官大伴宿祢三中作歌一首并短歌　（③四四三・題詞）

162

第三部　死

天平三年辛未秋七月大納言大伴卿(214)**薨**之時歌六首　(③四五四・題詞)

右一首勅二内礼正縣犬養宿祢人上一使二檢護卿病一而醫藥無驗(215)**逝水不留**因斯悲慟即作二此歌一　(③四五九・左注)

七年乙亥大伴坂上郎女悲二歎尼理願(216)**死去**一作歌一首并短歌　(③四六〇・題詞)

右新羅國尼名曰二理願一也遠感二王徳一化歸二聖朝一於レ時寄二住大納言大将軍大伴卿家一既逕二數紀一焉惟以二天平七年乙亥忽沈二運病一(217)既**趣**二**泉界**一於レ是大家石川命婦依二餌藥事一徃二有間温泉一而不レ會二此(218)**喪**一但郎女獨留(219)**葬**二**送屍柩**一

既訖　仍作二此歌一贈二入温泉一　(③四六一・左注)

十一年己卯夏六月大伴宿祢家持悲二傷(220)**亡妾**一作歌一首　(③四六二・題詞)

十六年甲申春二月安積皇子(221)**薨**之時内舍人大伴宿祢家持作歌六首并短歌　(③四七五・題詞)

悲二傷(222)**死妻**一高橋朝臣作歌一首　(③四八一・題詞)

右郎女者佐保大納言卿之女也初嫁二一品穗積皇子一被レ寵無レ儔而皇子(223)**薨**之後時藤原麻呂大夫娉二之郎女一焉

家二於坂上里一仍族氏号曰二坂上郎女一也　(④五六一・左注)

以前天平二年庚午夏六月帥大伴卿忽生二瘡脚一疾二苦枕席一因レ此馳レ驛上奏望請庶弟稲公姪胡麻呂欲レ語(224)**遺言**者勅右兵庫助大伴宿祢稲公治部少丞大伴宿祢胡麻呂兩人給レ驛發遣令レ省二卿病一而逕二數旬一幸得二平復一于レ時稲公等以二病既療一發レ府上京於レ是大監大伴宿祢百代少典山口忌寸若麻呂及卿男家持等相送二驛使一共到二夷守驛一

家二　聊飲悲レ別乃作二此歌一　(④五六七・左注)

大宰帥大伴卿報二(225)**凶問**一歌一首　(⑤七九三・題詞)

Ⅱ　文章編

(226) 禍故重疊　凶問累集　永懷₂崩心之悲₁　獨流₂断腸之泣₁　但依₂兩君大助₁傾₂命縷₁繼耳

(筆不ₙ盡ₗ言古今所ₙ歎)

（⑤・七九三・序・大伴旅人）

(227) 盖聞　**四生起滅**方₂夢皆空₁　三界漂流喻₂環不ₗ息₁　所以維摩大士在₂于方丈₁　有₂懷₂染疾之患₁　釋迦能仁坐₂於

(229) 雙林₁　無ₗ免₂**泥洹**之苦₁　故知　二聖至極不ₗ能ₗ拂₂**力負之尋至**₁　三千世界誰能逃₂₂**黒閻**₁之搜来₁　二鼠競走而度ₗ目

(230) 之鳥旦飛　四蛇爭侵而過ₗ隙之駒夕走　嗟乎痛哉　紅顏共₂三從₁**長逝**　素質与₂四徳₁**永滅**　何圖　偕老違₂於要期₁

(231)(232)

獨飛生₂於半路₁　蘭室屛風徒張　断腸之哀彌痛　枕頭明鏡空懸　染筠之涙逾落　**泉門**一掩　無₂由₁再見　嗚呼哀

(233)(234)(235)

哉　（⑤・七九四・悼亡文・山上憶良）

愛河波浪已先**滅**　苦海煩悩亦無₁結　従来獣₂離此穢土₁　本願託₂生彼淨刹₁

(236)(237)

（⑤・七九四・悼亡詩・山上憶良）

日本**挽歌**一首

(238)

易₂集難ₗ排　**八大辛苦**　難ₗ遂易ₗ盡百年賞樂　古人所ₗ歎今亦及ₗ之　所以因作₂一章之歌₁　以撥₂二毛之歎₁　其歌曰

（⑤・八〇四・哀世間難住歌序・山上憶良）

大伴佐提比古郞子　特被₂朝命₁奉₂使藩國₁　艤₂棹言歸　稍赴₂蒼波₁　妾也松浦佐用嬪面　嗟₂此別易₁　歎₂彼會難₁

(239)

即登₂高山之嶺₁　遙望₂離去之船₁　悵然断ₗ肝　黯然**銷**ₗ**魂**　遂脱₂領巾麾₁之　傍者莫ₗ不ₗ流ₗ涕　因號₂此山₁曰₂領

巾麾之嶺₁也　乃作ₗ歌曰　（⑤・八七一・前文・大伴旅人）

大伴君熊凝者　肥後國益城郡人也　年十八歲　以₂天平三年六月十七日₁　爲₂相撲使國司官位姓名從人₁　參₂向京

(240)(241)

都₁　爲ₗ天不ₗ幸在ₗ路獲ₗ疾　即於₂安藝國佐伯郡高庭驛家₁**身故**也　**臨**ₗ**終**之時　長歎息曰　傳聞　**假合之身易**ₗ

(242)

第三部　死

滅₍₂₄₃₎泡沫之命　難₋駐₍₂₄₄₎　所以千聖已去₍₂₄₅₎　百賢不₋留₍₂₄₆₎　況乎凡愚微者何能逃避　但我老親並在₋菴室₋　待₋我過日₋　自有₋

傷₋心之恨₋　望₋我違₋時　必致₋喪₋明之泣₋　哀哉我父　痛哉我母　不₋患₋一身向₋死之途₋₍₂₄₇₎　唯悲₋二親在₋生之苦₋

今日**長別**₍₂₄₈₎　何世得₋觀　乃作₋歌六首₋而**死**　其歌曰　（⑤八六・大伴熊凝歌序・山上憶良）₍₂₄₉₎

竊以　朝夕佃₋食山野₋者　猶無₋災害而全₋經俗₋　謂下漁夫潛女各有₋所₋勤　男者手把₋竹竿₋能釣₋波浪之上₋　女者腰帶₋鑿籠₋潛採₋深潭之底₋者上也

晝夜釣₋漁河海₋者　尚有₋慶福而全₋經俗₋

況乎我從₋胎生₋迄₋于今日₋　自有₋修善之志₋　曾無₋作惡之心₋　謂下聞₋諸惡莫作諸善奉行之教₋也₋　所₋以礼₋拜三寶₋　無₋日不₋

勤　每日誦經發露懺悔也　敬₋重百神₋　鮮₋夜有₋闕　謂₋敬₋拜天地諸神等₋也　嗟乎媿哉我犯₋何罪₋遭₋此重疾₋　謂下未₋知₋過去所₋造

之罪若是現前所₋犯之過₋　無₋犯₋罪過₋何獲₋此病₋乎上　初沈₋痾已來　年月稍多　謂₋經二十餘年₋也　是時年七十有四　鬢髪斑白　筋力尪

羸　不₋但年老復加₋斯病₋　諺曰　痛瘡灌₋塩　短材截₋端　此之謂也　嗟乎　四支不₋動　百節皆疼　身體太重　猶負₋鈞

石　廿四銖為₋兩　十六兩為₋斤　卅斤為₋鈞　四鈞為₋石　合一百廿斤也　懸₋布欲₋立　如₋折₋翼之鳥　倚₋杖且步　比₋跛₋

足之驢₋　吾以₋身已穿俗　心亦累₋塵　欲₋知₋禍之所₋伏　崇之所₋隱　龜卜之門　巫祝之室　無₋不₋住問₋　若

若妄　随₋其所₋教　奉₋幣帛₋　無₋不₋祈禱₋　然而弥有₋增苦₋　曾無₋減差₋　吾聞　前代多有₋良醫₋　救₋療蒼生病

患　至₋若₋楡柎扁鵲華他秦和緩葛稚川陶隱居張仲景等₋　皆是在₋世良醫無₋不₋除愈₋也　扁鵲姓秦字越人　勃海郡人也　割₋

胸採₋心易而置之投以₋神藥₋即瘥如₋平也　華他字元化　沛國譙人也　若有₋病結積沈重在₋内者₋剖₋腸取₋病縫復摩₋膏四五日差定　非₋敢所₋

若逢₋聖醫神藥者₋　仰願　割₋剝五藏₋₍₂₅₁₎　抄₋探百病₋　尋₋達膏肓之隩處₋　盲鬲也　心下為₋膏　攻₋之不₋可₋達不₋及藥不₋至焉　追₋望件醫₋

之逃匿₋　謂₋晉景公疾秦醫緩視而還者₋可₋謂₋為₋鬼所₋殺也　**命根既盡**₍₂₅₂₎　**終₋其天年₋**　尚為₋哀　聖人賢者一切含靈誰免₋**此道**₍₂₅₃₎乎　何況**生録**₍₂₅₅₎未₋半為₋

165

Ⅱ　文章編

(256)
鬼枉歿

顔色壮年　為に病に横困する者か　世に在りて大患あり　孰か甚だしき此より　志怪記に云ふ　廣平前大守北海徐玄方の女　年十八歳にして死す　其の靈馮馬子に謂ひて曰く　案

(259)
生錄に當に壽八十餘歳なるべし　今妖鬼の枉殺する所と為り　已に經たること四年　此馮馬子に遇ひて乃ち更に活くるを得　是なり　内教に云ふ　贍浮州人の壽百二十歳　謹案ふるに此の數必ずしも得過ぐべからず　

(257)
其の**靈**馮馬子に謂ひて曰く　故に壽は延經に

(258)

有る比丘あり　名は二難達　臨命終時に　誼して壽を請ふ　則ち延ぶること二十八年　但し善く天の相ふること為れ　其の**壽天**は業の報ずる所なり　隨ひて其の脩短　一として招かざること莫し　未だ盈たずして斯に**死去**するを　故に壽いまだ半ばならず

(260)
也　任徵君曰く　病は口より入る　故に君子節に其の飲食を節す　此に由りて斯を言ふに　人疾病に遇ひ一として必ずしも妖鬼ならず　夫れ醫方諸家の廣說　飲食禁忌の厚訓　知り易く行ひ難きの鈍情　三者盈目　耳由来久し

(261)

抱朴子曰く　人但だ其の當に死すべき日を知らず　故に憂へざるのみ　若し誠に羽翮可くして期を延ぶるを得ば　必將に之を為さんとす　以ち此にして觀れば

(262)

說に曰く　伏して自ら勵して思ふに　斯の長生　生きて貪るべきなり　**死**は畏るべきなり　天地の大徳曰く生　故に**死人**は**生鼠**に及ばず　

(264)
*1
(265)
*1

如山　誰か富まんや　威勢海の如し　誰か貴からんや　遊仙窟に曰く　**九泉下人**は一錢不直　孔子曰く　之を天に受く　雖も王侯と為すとも　一日氣絶ゆれば積金

(267)
*1

何ぞ由らん　惟ふに人賢愚となく　**命**を請益すべからず　鬼谷先生の相人の書を見るに　故に我病は斯の飲食の招く所を知りて自治すること能はざるなり　易に曰く　形を變へ易し　慮を絶ち

(268)

相催す　朝夕侵し動く　一代の歓楽　いまだ席前を盡さず　世に古今となく　咸悉嗟歎す　歳月競ひ流る　晝夜息まず　曾子曰く　往きて反らざる者は年なり　宜しく臨川の歎みなむや

(269)

百何ぞ懐はむ　二千年憂矣若し夫れ群生の品類　莫し皆　身有るを以ちて中に窮まり無き命を求めず　所以に道人方士　自ら丹經を負ひて名山に入りて藥を合す　

(271)
(272)

養性怡神　以下長生を求む　抱朴子曰く　神農云ふ　百病不愈　安んぞ長生するを得む　帛公又曰く　生は好物なり　**死**は悪物なり　若

(273)

者幸にして長生の者を得ず　猶ほ生涯無病　福を為すの大なり　今吾病見悩みて臥坐するを得ず　東に向ひ西に向ひ知る所無き為に　

(274)

福は甚だ惣集す　人ねがはくは天の從はむこと　如し實あらば　頓にこの病を除き　賴りて平の如く　鼠と為して喩とするも　豈に愧づべけんや　已に見上なり

悲歡俗道假合即離易去難留詩一首并序

⑤八九七・悲歡俗道詩題・山上憶良

⑤八九七・沈痾自哀文・山上憶良

166

第三部　死

竊以　釋慈之示教　謂၂釋氏慈氏၁　先開၂三歸၁　謂ニ歸ニ依佛法僧ー　五戒ー而化ニ法界ー　謂ニ不敎生ニ不偸盗ニ不邪婬四不妄語五不飮酒ー也　(275)

周孔之垂訓　前張三綱　謂၂君臣父子夫婦၁　五教ニ　以濟၂邦國၁　謂ニ父義母慈兄友弟順子孝ー

但以世無၂恒質၁　所以陵谷更變　人無၂定期ー　(276)

席上之主ー　夕為၂**泉下之客**ー　(277)
*1

原野唯有၂**長夜之臺**ー　(281)

遁之室ー

世終者上ー所以維摩大士疾၂玉體于方丈ー　先賢已去　後賢不၂留　如有၂贖而可၂免者　古人誰無၂**黑闇**之後來ー　未聞獨存遂見二

先至ー　徳天者生也黒闇者死也　故知　生必有レ死　死若不レ欲　不如レ不レ生

者也　⑤八九七・悲歎俗道詩序・山上憶良

釋迦能仁掩၂金容于雙樹ー　内敎曰　不レ欲၂始終之恒數ー　何慮၂存亡之大期ー　(290)(291)

右一首大臣傳云　故豊嶋采女歌　⑥一〇二六・左注　(292)

白馬走來黄泉何及　野中白楊但吹၂悲風ー　是知　世俗本無ニ隱　(282)

釋迦能仁掩၂金容于雙樹ー　内敎曰　不レ欲二黑闇之後來ー　莫レ入ニ徳天之

隴上青松**空懸**၂**信劒**ー　(280)

況乎縱覺二始終之恒數ー　何慮二存亡之大期ー

右一首右大辨高橋安麻呂卿語云　故豊嶋采女之作也　但或本云　三方沙彌戀二妻苑臣一作歌　然則豊嶋采女當時當所　(293)

口二吟此歌ー歟　⑥一〇二七・左注

右一首大伴坂上郎女作之　但未レ逕レ奏而小獣**死斃**　因レ此獻レ歌停レ之　⑥一〇二八・左注　(294)

挽歌　⑦一四〇四・部立　(295)

右神龜五年戊辰大宰帥大伴卿之妻大伴郎女遇レ病**長逝**焉　于レ時　勅使式部大輔石上朝臣堅魚遣ニ大宰府ー**弔**レ**喪幷賜**レ　(296)(297)

物也　其事既畢驛使及府諸卿大夫等共登二記夷城一而望遊之日乃作二此歌一　⑧一四七二・左注

佛前唱歌一首　⑧一五九四・題詞　(298)

167

右冬十月皇后宮之維摩講　終日**供二養**[299]大唐高麗等種〻音樂一　尓乃唱二此歌詞一　弾琴者市原王　忍坂王　後賜二姓大原真人赤麻呂一也　歌子者田口朝臣家守　河邊朝臣東人　置始連長谷等十數人也　（⑧一五九四・左注）

挽歌[300]　（⑨一七九五・部立）

過二足柄坂一見二**死人**[301]一作歌一首　（⑨一八〇〇・題詞）

過二葦屋處女**墓**[302]一時作歌一首并短歌　（⑨一八〇一・題詞）

哀二弟**死去**[303]一作歌一首并短歌　（⑨一八〇四・題詞）

見二菟原處女**墓**[304]一歌一首并短歌　（⑨一八〇九・題詞）

檢二古事記一曰　件歌者木梨之軽太子**自死**[305]之時所レ作者也　（⑬三二六三・左注）

挽歌[306]　（⑬三三二四・部立）

備後國神嶋濱調使首見レ**屍**[307]作歌一首并短歌　（⑬三三三九・題詞）

挽歌[308]　（⑭三五七七・部立）

古**挽歌**[309]一首并短歌　（⑮三六二五・題詞）

右丹比大夫悽二愴**亡妻**[310]一歌　（⑮三六二六・左注）

到二壹岐嶋一雪連宅満忽遇二鬼病一**死去**[311]之時作歌一首并短歌　（⑮三六八八・題詞）

右三首**挽歌**[312]　（⑮三六九〇・左注）

右三首葛井連子老作**挽歌**[313]　（⑮三六九三・左注）

右三首六鯖作**挽歌**[314]　（⑮三六九六・左注）

昔者有二娘子一　字曰二櫻兒一也　于レ時有二二壯士一　共誂二此娘一　而**捐レ生**[315]挌競**貪レ死相敵**[316]　於レ是娘子歔欷曰　従レ古来レ今未レ聞未レ見一女之身往二適二門一矣　方今壯士之意有レ難二和平一　不レ如妾**死**[317]相害永息　尓乃尋二入林中一懸樹**経死**[318]　其兩壯士不レ敢二哀慟一血泣漣レ襟　各陳二心緒一作歌二首　（⑯三七八六・題詞）

或曰　昔有二三男一同娉二一女一也　娘子嘆息曰　**一女之身易レ滅如レ露**[319]　三雄之志難レ平如レ石　遂乃彷二徨池上一**沈二没水底一**[320]　於レ時其壯士等不レ勝二哀頽之至一　各陳二所心一作歌三首　娘子字曰二縵兒一也　（⑯三七八八・題詞）

右傳云　時有二娘子一　姓車持氏也　其夫久逕二年序一不レ作二往来一　于レ時娘子係戀傷レ心沈二臥痾疹一　疲羸日異忽**臨二泉路一**[321] *1　於レ是遣レ使喚二其夫君一来　而乃歔欷流渧口二号斯歌一　登時**逝歿**[322]也　（⑯三八一三・左注）

右以神龜年中大宰府差二筑前國宗像郡之百姓宗形部津麻呂一宛二對馬送粮舶柁師一也　于レ時津麻呂詣二於滓屋郡志賀村白水郎荒雄之許一語曰　僕有二小事一若疑不レ許歟　荒雄答曰　走雖レ異レ郡同レ船日久　志篤二兄弟一在二於**殉死**[323]一　豈復辭哉　津麻呂曰　府官差レ僕宛二對馬送粮舶柁師一　容歯衰老不レ堪二海路一　故来祇候　願垂二相替一矣　於レ是荒雄許諾　遂従二彼事一自二肥前國松浦縣美祢良久埼一發レ舶直射二對馬一渡レ海　登時忽天暗冥暴風交レ雨竟無二順風一**沈二沒海中一**[324]焉　因レ斯妻子等不レ勝二犢慕一裁二作此歌一　或云　筑前國守山上憶良臣悲二感妻子之傷一述レ志而作二此歌一　（⑯三八六九・左注）

哀二傷**長逝**[325]之弟一歌一首并短歌　（⑰三九五七・題詞）

安麻射加流　比奈乎佐米尓等　大王能　麻氣乃麻尓末尓　出而許之　和礼乎於久流登　青丹余之　奈良夜麻須疑氏　泉河　伎欲吉可波良尓　馬駐　和可礼之時尓　好去而　安礼可敝理許牟　平安　伊波比氏待登　可多良比氏　許之比

Ⅱ　文章編

乃伎波美　多麻保許能　道乎多騰保美　敷奈里氏安礼婆　孤悲之家口　氣奈我枳物能乎　見麻久保里

念間尓　多麻豆左能　使乃家礼婆　宇礼之美登　安我麻知刀敷尓　於餘豆礼能　多波許登等可毛　波之伎余思

弟乃美許等　奈尓之加母　時之波安良牟乎　波太須酒吉　穂出秋乃　芽子花　尓保敝流屋戸乎 〔佐保山**火葬**故謂之佐保乃宇知乃佐刀乎由吉　言斯人為レ性好レ愛花草花〕

過　安之比紀乃　山能許奴礼尓　白雲尓　多知多奈妣久等　安礼尓都氣都流 〔(326)〕

〔樹ニ而多植二於寝院之庭一故謂二之花薫庭一也〕

右天平十八年秋九月廿五日越中守大伴宿祢家持遥聞二弟**喪**一感傷作之也　　　　(17・三九五七・注)

忽沈二枉疾一殆臨二泉路一仍作二歌詞一以申二悲緒一一首并短歌　　(17・三九六二・題詞)

追二同處女墓一歌二首并短歌 (329)　　(19・四二一一・題詞)

挽歌 一首并短歌 (330)　　(19・四二一四・題詞)

右大伴宿祢家持弔二賀南右大臣家藤原二郎之**喪**一慈母一患上也 (331) (332) 作主未レ詳　五月廿七日　(19・四二三六・左注)

悲二傷**死妻**一歌一首并短歌 (333)　　(19・四二三六・題詞)

智努女王**卒** 後圓方女王悲傷作歌一首 (334)　　(20・四四七・題詞)

(328)
*1

(327)

170

あとがき

この数年間、山上憶良の老身重病三部作（遺作三編）・高橋虫麻呂の伝説歌群・柿本人麻呂の宮廷挽歌群などに深くかかわる中で、老病死がどのような和歌表現を通して詠まれるかを丁寧に考察する必要を痛感した。そのためには、『万葉集』全体についてそれらを見渡すことのできる分類別の資料集があればどんなに便利かと思い、それが本書を編むきっかけとなった。

しかし、短期間に一人の力では到底成しがたく、上代文学を専攻する大学院生や修了生たちの賛同を得て、二年がかりの共同作業の結果、その集中的な尽力の甲斐あってようやくここまで漕ぎつけたのである。関係する和歌と文章の摘出や分類は常に全員の熱い議論を通して行い、それをまとめたものをさらに全員で確認し合うという作業を何度も繰り返した。その過程でさまざまな知恵やアイデアを出し合い、楽しくも有益な時間を共有したことであった。

その成果を、責任分担を決めて、次のような形でひとまず発表した（大久保はいずれにもかかわったが、共編者名のみ掲げる）。

上安広治「老病死に関する万葉歌文集成──第一部「老」・第二部「病」　和歌編──」『東洋学研究』第43号（東洋大学東洋学研究所　二〇〇六年三月）

172

あとがき

同「老病死に関する万葉歌文集成―第一部「老」・第二部「病」 文章編―」『東洋学研究』第44号（東洋大学東洋学研究所 二〇〇七年三月）

野呂香「死に関する万葉歌文集成―文章編―」『文学論藻』第81号（東洋大学日本文学文化学科 二〇〇七年三月）

早川芳枝・池原陽斉「老病死に関する万葉歌文集成―第三部「死」 和歌編―」『東洋大学大学院紀要』第43号（東洋大学大学院文学研究科 二〇〇七年二月）

以上の結果を再び編集し直し、統一をとって成ったのが本書である。錯誤や不備・欠落も少なからず含まれようが、研究上お役立て頂ければ幸いである。

東洋大学在任の最後に、上代文学専攻のメンバーによる集団の力で形あるものを作り上げたことは、これに過ぎる喜びはなく、骨身を惜しまず快く協力してくれた諸君に深く感謝したいと思う。

今回もまた、笠間書院の橋本孝編集長のお勧めと、池田つや子社主のご好意に甘えることになって、小書にも拘わらず数多の刊行物の中に加えて頂いたのは大変光栄である。細かいお世話は編集部の重光徹氏を煩わせた。共に心より御礼申し上げるものである。

（二〇〇七年二月梅の香に包まれつつ記す）

大久保　廣行

4　文章編　通し番号索引

(302)　‥‥墓
(303)　‥‥死ぬ
(304)　‥‥墓
(305)　‥‥自死
(306)　‥‥挽歌
(307)　‥‥死人
(308)　‥‥挽歌
(309)　‥‥挽歌
(310)　‥‥死妻
(311)　‥‥死ぬ
(312)　‥‥挽歌
(313)　‥‥挽歌
(314)　‥‥挽歌
(315)　‥‥捐生
(316)　‥‥捐生
(317)　‥‥死
(318)　‥‥経死
(319)　‥‥薄命
(320)　‥‥溺死
(321)*1‥‥臨終／黄泉
(322)　‥‥死ぬ
(323)　‥‥殉死
(324)　‥‥溺死
(325)　‥‥死ぬ
(326)　‥‥火葬
(327)　‥‥葬送
(328)*1‥‥臨終／黄泉

(329)　‥‥墓
(330)　‥‥挽歌
(331)　‥‥葬送
(332)　‥‥死
(333)　‥‥死妻
(334)　‥‥死ぬ

(248)	‥‥死	(275)	‥‥殺
(249)	‥‥死ぬ	(276)	‥‥寿命
(250)	‥‥殺	(277)*1	‥‥死ぬ／黄泉
(251)	‥‥殺	(278)	‥‥黄泉
(252)*1	‥‥死ぬ／寿命	(279)	‥‥墓
(253)*1	‥‥死ぬ／寿命	(280)	‥‥その他
(254)	‥‥死道	(281)	‥‥墓
(255)	‥‥寿命	(282)	‥‥死ぬ
(256)	‥‥殺	(283)	‥‥死ぬ
(257)	‥‥死ぬ	(284)	‥‥死ぬ
(258)	‥‥霊	(285)	‥‥死
(259)	‥‥寿命	(286)	‥‥死
(260)	‥‥殺	(287)	‥‥死
(261)*1	‥‥臨終／命	(288)	‥‥死
(262)	‥‥寿命	(289)	‥‥死
(263)	‥‥死ぬ	(290)	‥‥寿命
(264)*1	‥‥死ぬ／寿命	(291)	‥‥寿命
(265)	‥‥死	(292)	‥‥故人
(266)	‥‥死人	(293)	‥‥故人
(267)*1	‥‥死ぬ／寿命	(294)	‥‥死
(268)	‥‥命	(295)	‥‥挽歌
(269)	‥‥寿命	(296)	‥‥死ぬ
(270)	‥‥命	(297)	‥‥葬送
(271)	‥‥寿命	(298)	‥‥仏事
(272)	‥‥命	(299)	‥‥仏事
(273)	‥‥死	(300)	‥‥挽歌
(274)	‥‥薄命	(301)	‥‥死人

大久保廣行 著
筑紫文学圏論　三部作

筑紫文学圏論　山上憶良
筑紫文学圏論　大伴旅人　筑紫文学圏
筑紫文学圏と高橋虫麻呂

Ａ５判　上製　本体八〇〇〇円
Ａ５判　上製　本体一一一六五円
Ａ５判　上製　本体八八〇〇円

笠間書院

大久保　廣行（東洋大学文学部教授／都留文科大学名誉教授）
上安　広治（東洋大学文学部非常勤講師）
野呂　香　（同大学院博士後期課程三年）
早川　芳枝（同大学院博士後期課程二年）
池原　陽斉（同大学院博士後期課程一年）

老病死に関する万葉歌文集成

平成19(2007)年3月22日　初版第1刷発行

　　　　　　　　　　　　　ⓒ編　者　大久保廣行
　　　　　　　　　　　　　　　　　上安広治
　　　　　　　　　　　　　　　　　野呂　香
　　　　　　　　　　　　　　　　　早川芳枝
　　　　　　　　　　　　　　　　　池原陽斉
　　　　　　　　　　　装　幀　笠間書院装幀室
　　　　　　　　　　　発行者　池田つや子
　　　　　　　　　　　発行所　有限会社 笠間書院
　　　　　　　　　東京都千代田区猿楽町2-2-3 [〒101-0064]
　　　　　　　　　　電話03-3295-1331　FAX03-3294-0996

ISBN978-4-305-70347-7　　　　　　　　　　ばんり社/平河工業社
乱丁・落丁本はお取りかえいたします。　　　（本文用紙・中性紙使用）
出版目録は上記住所までご請求下さい。
http://www.kasamashoin.co.jp/

[付] 索 引 編

1 　和歌編　用語索引 ………………………*(2)*
2 　和歌編　歌人・歌集別索引 ……………*(15)*
3 　和歌編　歌番号索引 ……………………*(24)*
4 　文章編　通し番号索引 …………………*(34)*

1　和歌編　用語索引

【凡例】

一　本文の中で指摘した用語を「老」「病」「死」ごとに、五十音順で分類した。掲出方法は、

用語　…………頁数

[巻]歌番号（用例数）

のように行った。

一　索引では基本的に読み仮名を付さなかったが、「翁」（おきな・おぢ）のように、同一の漢字で複数の読みが行われている場合に限って示した。

一　下位項目となる用語は太字とせずに見出し語を立てた。

第一部　老

出で反る　…………16

⑦ 1080（1 例）

移ろふ　…………24

⑤ 804　⑥ 988（2 例）

老　…………25

⑤ 897　⑨ 1740（2 例）

老舌　…………25

④ 764（1 例）

老い付く　…………25

⑲ 4220（1 例）

老並　…………25

④ 559（1 例）

老い果つ　…………26

⑯ 3885（1 例）

老人　…………17

⑥ 1034　⑪ 2582　⑯ 3791

⑱ 4094（4 例）

翁（おきな）　…………19

⑯ 3794　⑰ 4011　⑱ 4128

（3 例）

翁さぶ　…………20

⑱ 4133（1 例）

衰ふ　…………26

⑫ 2952（1 例）

嫗　…………20

② 129（1 例）

面変る（おめ）**・面変る**（おも）　…………26

[付] 索引編

⑫ 3217　⑱ 4116　⑳ 4342
（3例）

老ゆ ‥‥‥‥‥ 27
④ 563　⑦ 1349　⑪ 2689
⑫ 2926　3043　⑬ 3246・3247
（7例）

老よし男 ‥‥‥‥‥ 20
⑤ 804（1例）

神ぶ ‥‥‥‥‥ 27
⑩ 1927（1例）

降つ ‥‥‥‥‥ 27
⑤ 847（1例）

黒髪変はる ‥‥‥‥‥ 21
④ 573　⑲ 4160（2例）

霜の置く・降る ‥‥‥‥‥ 21
② 87・89　⑤ 804（3例）

白髪（しらか） ‥‥‥‥‥ 22
④ 481・627・628（3例）

白く・白し ‥‥‥‥‥ 22
④ 573　⑨ 1740　⑦ 1411
（3例）

白髪（しろかみ） ‥‥‥‥‥ 23
④ 563　⑪ 2602　⑯ 3792・3793
⑰ 3922（5例）

白髭 ‥‥‥‥‥ 24
⑳ 4408（1例）

皴・皴む ‥‥‥‥‥ 27
⑤ 804　⑨ 1740（2例）

過ぐし遣る ‥‥‥‥‥ 28
⑤ 804　⑰ 3969（2例）

縮ぬ ‥‥‥‥‥ 28
⑤ 804（1例）

留み難ぬ ‥‥‥‥‥ 28
⑤ 804・805（2例）

流る ‥‥‥‥‥ 29
⑤ 804（1例）

古る ‥‥‥‥‥ 29
① 1884・1885　⑪ 2500・2601
（4例）

男盛り ‥‥‥‥‥ 29
⑦ 1283（1例）

翁（をち） ‥‥‥‥‥ 21
⑪ 2469　⑰ 4014（2例）

変若・変若つ ‥‥‥‥‥ 16
② 331　④ 650　⑤ 847・848
⑬ 3245（5例）

変若返る ‥‥‥‥‥ 16
⑥ 1046　⑪ 2689　⑫ 3043
（3例）

変若水 ‥‥‥‥‥ 17
④ 627・628　⑥ 1034　⑬ 3245
（4例）

(3)

第二部　病

足痛く ‥‥‥‥ 32
　② 128（1例）
息絶ゆ ‥‥‥‥ 31
　⑨ 1740（1例）
息づき明かす ‥‥‥‥ 36
　⑤ 897（1例）
痛し ‥‥‥‥ 36
　⑰ 3962・3969（2例）
言ふこと止む ‥‥‥‥ 33
　⑤ 904（1例）
憂へ吟ふ〔病苦〕 ‥‥‥‥ 36
　⑤ 897（1例）
憂へ吟ふ〔飢餓〕 ‥‥‥‥ 37
　⑤ 892（1例）
餓ゑ寒ゆ ‥‥‥‥ 37
　⑤ 892（1例）
かたちくづほる ‥‥‥‥ 33
　⑤ 904（1例）
傷 ‥‥‥‥ 31
　⑤ 897（1例）
薬 ‥‥‥‥ 38
　⑤ 847・848（2例）
薬狩 ‥‥‥‥ 38
　⑯ 3885（1例）
苦し ‥‥‥‥ 36

　⑤ 899（1例）
心消失す ‥‥‥‥ 31
　⑨ 1740・1782（2例）
臥い伏す ‥‥‥‥ 34
　③ 886　⑰ 3962・3969　⑲ 4214
　（4例）
乞ひ泣く ‥‥‥‥ 37
　⑤ 892（1例）
臥やす ‥‥‥‥ 35
　⑤ 794（1例）
咳ぶ ‥‥‥‥ 31
　⑤ 892　⑰ 4011（2例）
しふ ‥‥‥‥ 32
　⑨ 1783（1例）
疾 ‥‥‥‥ 30
　⑦ 1395（1例）
取り見る ‥‥‥‥ 38
　⑤ 886・889（2例）
嘆き暮らす ‥‥‥‥ 36
　⑤ 897（1例）
嘆き伏す ‥‥‥‥ 35
　⑤ 886　⑰ 3962（2例）
のどよひ居り ‥‥‥‥ 37
　⑤ 892（1例）
鼻びしびし ‥‥‥‥ 32
　⑤ 892（1例）
鼻ふ ‥‥‥‥ 37

⑪ 2408・2637・2808・2809
（4例）

痩せ・痩す ……… 32
⑯ 3854　⑯ 3853（2例）

病 ……… 30
④ 897　⑥ 1020、1021　⑳ 4382
（4例）

病む ……… 30
④ 554　⑤ 897（2例）

良けくはなし ……… 33
⑤ 904（1例）

第三部　死

秋山 ……… 97
② 208　⑦ 1409（2例）

跡なし ……… 111
③ 466　⑮ 3625（2例）

逢はず ……… 74
① 31　② 148・194・195・210
213・225　③ 427・428・483
⑦ 1410　⑬ 3330（12例）

荒き島根 ……… 98
⑮ 3688（1例）

荒らし・荒らぶ・荒る …… 115
② 168・172・173・180・194
232　234　③ 307・440・479

⑬ 3331　⑳ 4477・4506・4507
（14例）

荒床 ……… 98
② 220（1例）

荒波 ……… 98
② 226（1例）

荒野 ……… 98
② 210・213・227（3例）

荒山中 ……… 98
⑨ 1806（1例）

あり（にあり・なり） ……… 49
② 154・163・164・166　③ 422
424・438・444・466（9例）

荒磯 ……… 98
② 222　⑬ 3341（2例）

いかさまに思ふ ……… 116
① 29　② 162・167・217　③ 443
⑬ 3326（6例）

息の緒 ……… 77
④ 644・681　⑦ 1360　⑧ 1453
1507　⑪ 2359・2536・2788
⑫ 3045・3115・3194　⑬ 3255
3272　⑱ 4125　⑲ 4281（15例）

生けるすべなし・生けりともなし
……… 89
② 212・215・227　⑥ 946
⑪ 2525　2600　⑫ 2904・2980

(5)

3060・3107　3185　⑬3297
3347　⑲4170　（14例）
出づ ……… 50
②230　③461・468・481
（4例）
斎く ……… 51
③420（1例）
古の人 ……… 48
③431（1例）
去ぬ ……… 51
②207　③443・445　⑤889
⑨1809　⑬3344（6例）
命 ……… 79
生くる―
⑫2905・2913（2例）
―知らず
⑥1043　⑪2374・2406・2467
⑫2935　⑳4408（6例）
―捨つ
⑪2531　⑲4211（2例）
―常なし
③332　⑩1985（2例）
―長し
②147・217　⑪2358・2444
⑫2868　⑬3292（6例）
―に向く
④676　⑧1455　⑫2883・2797

（4例）
―全し
④595　⑫2891　⑮3741（3例）
―惜し
①24　⑤804　⑨1769　⑪2661
⑫3082　⑮3744　⑯3813
⑳3962　⑰3969　⑲4211
（10例）
はかなき―
〔朝露の―、数にもあらぬ―、仮なる―、たゆたふ、露の―、短き―、水の上に数書くごとき―、もろき―〕
④672　⑤902　⑥975　⑪2433
2756　⑫3040　⑰3896・3933
（8例）
その他
〔―あらば、―かたまく、―継ぐ、―残さず、―経、―をおほに思ふ、終へむ―〕
⑫2920　⑬3255　⑭3535
⑮3733・3745・3774（6例）
石城 ……… 98
⑯3806（1例）
言はず ……… 53
⑨1800　⑬3336・3339（3例）
岩戸 ……… 99

③ 418・419（2 例）

巌・岩根 ………… 99

② 86　③ 421（2 例）

廬る ………… 53

⑦ 1408（1 例）

います（ます） ………… 49

② 172　③ 420・454・457・471（5 例）

入る ………… 53

② 188　③ 481　⑦ 1409（3 例）

領く ………… 64

⑯ 3888（1 例）

失す ………… 54

② 217　⑦ 1406　⑲ 4214（3 例）

移る ………… 54

③ 459（1 例）

浦ぶち ………… 99

⑬ 3339・3342（2 例）

うらぶる ………… 117

⑦ 1409　⑬ 3303（2 例）

沖つ国 ………… 106

⑯ 3888（1 例）

沖つ藻 ………… 99

⑬ 3336（1 例）

置く ………… 54

② 212・215・227　③ 443　⑨ 1806　1809（6 例）

奥つ城 ………… 99

③ 431・432・474　⑨ 1801　1802　1807・1810　⑱ 4096　⑲ 4211（9 例）

おほになる ………… 55

③ 481（1 例）

逆言 ………… 117

③ 420・421　③ 475　⑦ 1408　⑰ 3957　⑲ 4214（6 例）

隠（かく）**す・隠**（かく）**る** ………… 55

② 135・169・205・210・213　③ 418　460・466（8 例）

天領布—

② 210　② 213（2 例）

岩—

② 199（1 例）

雲—

② 207　③ 416・441・461（4 例）

山—

③ 471　3475　⑮ 3692（3 例）

形見 ………… 107

① 47　② 196・210・213・233　⑨ 1797（6 例）

形見〔個別〕 ………… 108

秋萩

② 233（1 例）

明日香川
② 196・197・198（3 例）
楝
⑤ 798（1 例）
荒野
① 47（1 例）
荒磯
⑨ 1797（2 例）
活道
③ 479（1 例）
磯
⑨ 1776・1797（2 例）
梅の木
③ 453（1 例）
櫛
⑲ 4211・4212（2 例）
黒牛潟
⑨ 1798（1 例）
駒（馬）
⑬ 3327・3328（2 例）
衣
⑮ 3625（1 例）
崎
③ 450（1 例）
志賀の山
⑯ 3862（1 例）
鳥
② 153・170・172・180（4 例）
投矢
⑬ 3345（1 例）
なでしこ
③ 464（1 例）
花
③ 469（1 例）
松
② 143・144・145・146　③ 309（5 例）
砂
⑨ 1799（1 例）
みどり子
② 210・213・467（3 例）
敏馬の崎
③ 449（1 例）
むろの木
③ 447・448（2 例）
山
③ 481・482（2 例）
山斎
③ 452（1 例）
潜く　…………59
⑯ 3788・3868（2 例）
悲し　…………90
② 159・183・189・196　③ 434
450・459・478　⑨ 1796・1801

⑲ 4214（11例）

屍 ……… 40
⑱ 4094（1例）

貝（谷）に交じる ……… 59
② 224（1例）

反らず ……… 111
⑮ 3625（1例）

帰り来ず ……… 60
⑨ 1804（1例）

神といます ……… 60
② 204（1例）

神に堪へず ……… 111
② 150（1例）

神上がる（神登る）……… 60
② 167（1例）

霧〔天象表現〕 ……… 112
② 217　③ 429（2例）

消・消やすし ……… 61

霧の—
　⑫ 3036（1例）

霜の—
　② 199　⑦ 1375　⑩ 1908
　⑪ 2458　⑫ 3045（5例）

月草の—
　⑩ 2281・2291（2例）

露の—
　② 217　④ 594　⑤ 885　⑧ 1564

　1595　⑨ 1804　⑩ 2246・2335
　⑪ 2689　⑫ 3038・3041・3042
　⑬ 3266　⑲ 4214（14例）

露霜の—
　② 199　③ 466　⑫ 3043（3例）

雪の—
　④ 624　⑩ 2333・2337・2340
　2341　2342・2345　⑫ 2896
　（8例）

雲〔天象表現〕 ……… 112
② 225　③ 428・444　⑬ 3325
⑰ 3957　⑲ 4236（6例）

暮る ……… 112
② 207（1例）

心違ふ ……… 75
② 176　⑲ 4236（2例）

輿 ……… 84
③ 475（1例）

来む世 ……… 118
③ 348　④ 541（2例）

隠る（こも）……… 57
⑦ 1129　⑯ 3806（2例）

殿—
　⑬ 3326（1例）

臥す（こや）……… 69
③ 415・421　⑨ 1800・1807（4例）

坂 ……… 100

⑨ 1800（1 例）
離(さか)る ・・・・・・・・・・・ 68
② 150・211・214　③ 471
⑤ 794　⑬ 3347　⑲ 4236
（7 例）
幸(さき)く・幸(さ)く ・・・・・・・・・・・ 118
⑤ 894　⑦ 1142　⑩ 2069
⑬ 3241　⑮ 3691　⑳ 4346
（6 例）
ま—
② 141　③ 288・443　⑨ 1779
⑮ 3582　⑰ 3957・3958　⑲ 4331
4398（9 例）
放く ・・・・・・・・・・・ 68
⑬ 3346・4236（2 例）
神楽良の小野 ・・・・・・・・・・・ 106
③ 420　⑯ 3887（2 例）
障(さは)る ・・・・・・・・・・・ 121
⑮ 3582（1 例）
沈む ・・・・・・・・・・・ 64
② 229（1 例）
死に・死にす・死ぬ ・・・・・・・・・・・ 40
② 86　③ 349・460　④ 552・581
605・684・738・739　⑤ 889
897　⑨ 1740　⑪ 2355・2377
2498　2636・2700・2764
2765・2789　⑫ 2869・2907
2913・2928・2936　2940
3075・3083・3111　⑬ 3298
3344　⑮ 3740・3772　⑯ 3792
3811・3852・3885　⑰ 3934
3941　3963　⑱ 4080・4094
（42 例）
生死
⑨ 1785　⑯ 3797・3849（3 例）
命—
④ 504　④ 599　⑨ 1740　⑫ 2883
⑫ 3066　⑯ 3811（6 例）
思ひ—
④ 603・683（2 例）
消—
⑧ 1608　⑩ 2254・2256・2258（4 例）
恋—
① 67　④ 560・598・748・749
⑩ 2274　⑪ 2370・2390・2401
2434・2544・2560・2570・2572
2592・2718・2734・2784
⑫ 2873　2939・3080・3105
⑭ 3491・3566　⑮ 3578・3747
3748・3780（28 例）
死に反る
④ 603　⑪ 2390（2 例）
偲ひ・偲(しぬ)ふ・偲(しの)ふ ・・・・・・・・・・・ 91
② 196・199・225・233　③ 464

[付] 索引編

465・481　⑨ 1801　⑬ 3324
3329　⑯ 3862　⑲ 4211　⑳ 4509
（13例）

知らず ……… 120
② 158・167・201・208　⑤ 905
⑬ 3343・3344（7例）

知る ……… 121
⑤ 906（1例）

知る〔治める〕 ……… 64
② 200・202　③ 475・476
（4例）

白栲の衣 ……… 84
② 199・230　③ 460・475・478
⑬ 3324（6例）

過ぐ ……… 64
① 47　② 195・207・217　③ 427
463　④ 623　⑤ 884・885・886
⑦ 1119・1268・1410　⑨ 1796
1797　⑬ 3333・3344　⑲ 4211
（18例）

すべなし ……… 92
② 196・207・210・213　③ 419
456・460・466・475　⑤ 794
804　904　⑬ 3329　⑰ 3962
3969　⑲ 4236・4237（17例）

葬地（死地）・**墓**〔個別地名〕
……… 103

〔阿婆の野、石川、伊波多野、磐
余、大野山、鏡山、鴨山、相楽山、
佐田、佐保、高円、難波潟、羽易
の山、泊瀬（小泊瀬）、引手の山、
二上山、真弓、耳無の池、木綿間
山、吉野、和束山、猪養、忍坂、
越智〕

② 155・165・174・177・179
182　187・193・194・195
203・212　213・215・223
224・225・229　230・231・233
③ 416・417・418　420・425
428・429・430・473　474
475・476・481　⑤ 799
⑦ 1404・1407・1408　⑬ 3324
3325・3331　⑭ 3475　⑮ 3689
⑯ 3788・3806　⑰ 3957（46例）

背く ……… 112
② 210・213（2例）

立つ ……… 67
② 210（1例）

狂言 ……… 117
③ 420・421　③ 475　⑦ 1408
⑬ 3333・3334　⑰ 3957　⑲ 4214
（8例）

手火 ……… 86
② 230（1例）

(11)

玉　…………86
⑦ 1404・1415・1416　（3 例）
玉の緒　…………84
④ 763　⑬ 3334（2 例）
玉乱る　…………67
③ 424（1 例）
絶ゆ　…………47
③ 243　⑤ 904　⑨ 1740　⑬ 3330
（4 例）
散る　…………67
② 120・135・209　③ 477
⑩ 2282　⑬ 3303・3333　⑯ 3786
（8 例）
塚　…………100
⑨ 1801（1 例）
障（つつ）む　…………121
④ 894　⑦ 1020、1021　⑮ 3582
3583　⑲ 4331　⑳ 4408・4514
（6 例）
露〔**天象表現**〕　…………112
② 217（1 例）
つれもなし　…………122
② 167・187　⑬ 3326・3341
3343（5 例）
時にあらずして　…………113
③ 443（1 例）
常世　…………106
④ 723（1 例）
留めず　…………113
③ 461・471　⑤ 805　⑲ 4214
（4 例）
飛ばす　…………75
⑤ 904（1 例）
鳥となる　…………122
② 145（1 例）
亡き人　…………48
③ 434　⑦ 1406　⑩ 1956（3 例）
嘆き・嘆く　…………94
② 150・188・199・204・210
213　③ 425・460・481　⑤ 799
904　⑦ 1129・1405　⑨ 1801
1804　⑬ 3324・3329・3330
3344　⑲ 4214・4215（21 例）
なし　…………122
③ 451・458・466　⑮ 3625
⑳ 4401（5 例）
なづさふ　…………68
③ 430（1 例）
波に袖振る　…………75
⑯ 3864（1 例）
丹塗の屋形　…………122
⑯ 3888（1 例）
寝　…………68
② 222（1 例）

沼 ……… 100
⑨ 1809（1例）

音泣く ……… 96
② 155・230　③ 456・458・481
483　⑤ 897・898　⑨ 1801
1804　1809・1810　⑬ 3344
⑲ 4215　⑳ 4510（15例）

告らず ……… 53
⑨ 1800　⑬ 3336・3339（3例）

墓 ……… 100
② 155　⑨ 1809・1811（3例）

花 ……… 86
⑦ 1416（1例）

離る（はな） ……… 68
② 150・161・211・214　③ 471
⑤ 794　⑬ 3347　⑲ 4236（8例）

灰 ……… 86
② 213（1例）

葬る ……… 86
② 199　⑬ 3324（2例）

浜 ……… 101
② 210　⑬ 3336・3343（3例）

他国 ……… 101
⑤ 885（1例）

人魂 ……… 122
⑯ 3889（1例）

伏す（匍匐儀礼） ……… 86
② 199・204（2例）

臥す（ふ） ……… 69
② 220　⑤ 886　⑪ 2700　⑬ 3336
3339・3341・3342・3343　（8例）

布施 ……… 123
⑤ 906（1例）

罷り道 ……… 107
② 218（1例）

枕く ……… 70
② 86・222・223　⑬ 3339・3341
（5例）

撒く（散骨） ……… 87
⑦ 1405・1415・1416（3例）

枕 ……… 101
② 220・222・226　⑬ 3336
3339　（5例）

待てど来ず ……… 71
③ 418　⑦ 1409　⑯ 3861・3865
（4例）

惑ふ ……… 71
② 208（1例）

身 ……… 114
③ 466　④ 785　⑪ 2691　⑳ 4468
4470（5例）

道〔他界〕 ……… 107
⑤ 888（1例）

道〔葬地・墓〕 ……… 102

(13)

1 和歌編　用語索引

②218　⑤884・886　⑮3694
（4例）

道来る人 ……… 87

②230（1例）

水沫 ……… 114

⑦1269（1例）

宮・御門 ……… 102

②174　③471（2例）

見ゆ・見る ……… 123

②210・231　③423・446
⑤891　⑨1673　⑮3625
⑳4477（8例）

昔の人 ……… 48

①31　③309　⑳4483（3例）

目言絶ゆ ……… 75

196（1例）

喪 ……… 87

⑤897　⑨1809　⑮3694・3717
（4例）

殯宮 ……… 87

②196・199　③441　⑬3324
3326（5例）

殯宮〔個別地名〕 ……… 88
〔城上・真弓〕

②167　②196・199　⑬3326
（4例）

宿り ……… 71

⑮3688・3689・3691・3693
（4例）

山 ……… 102

③481・482　⑮3691・3693
（4例）

行く ……… 72

③459・467　⑦1406・1412
⑨1809　⑭3577　⑰3957
（7例）

横しま風 ……… 124

⑤904（1例）

よすか ……… 108

③481・482　⑯3862（3例）

黄泉 ……… 106

②158　⑨1804・1809（3例）

別れ・別る ……… 76

③481　⑤887・891　⑨1804
1805　⑮3625・3690・3694
3695（9例）

忘る ……… 124

③426（1例）

渡る ……… 73

③460　⑬3335・3339　⑮3888
（4例）

居る ……… 50

⑬3330（1例）

[付] 索引編

2 和歌編 歌人・歌集別索引

【凡例】
― 本文として採録した万葉歌を歌人・歌集ごとに分類した。ただし、作者未詳歌は割愛した。掲出方法は、

　　　人名
　　　　㊀歌番号（頁数）
のように行った。
― 集中で「一云」の形式となっている作者についても、検索の便を考慮して索引に加えた。
― また、同歌人（歌集）の同歌が、1頁に複数ある場合は、（ ）の頁数に下線を付した。

県犬養人上
　③ 459（54, 72, 90）
麻田陽春
　⑤ 884（65, 102）
　⑤ 885（62, 65, 101）
阿倍広庭
　⑥ 975（83）
阿倍虫麻呂
　④ 672（82）
有間皇子
　② 141（119）
池辺王
　④ 623（65）
石川女郎
　② 128（33）
　② 129（20）
石川夫人
　② 154（49）
石上乙麻呂
　⑥ 1020、1021（30, 121）
市原王
　⑥ 988（25）
磐姫皇后
　② 86（40, 71, 99）
　② 87（21）
置始東人
　② 204（60, 87, 94）
　② 205（56）

(15)

和歌編　歌人・歌集別索引

刑部垂麻呂

③ 427（65，74）

他田舎人大島

⑳ 4401（122）

大伯皇女

② 163（49）

② 164（49）

② 165（103）

② 166（49）

大津皇子

③ 416（59，104）

大伴東人

⑥ 1034（<u>17</u>）

大伴池主

⑱ 4128（20）

⑱ 4133（20）

大伴像見

⑧ 1595（62）

大伴坂上郎女

③ 460（40，57，73，84，93，95，117）

③ 461（50，59，114）

④ 563（22，27）

④ 683（45）

④ 684（41）

④ 723（106）

⑱ 4080（44）

⑲ 4220（25）

大伴大嬢

④ 581（41）

④ 738（41）

大伴旅人

③ 331（16）

③ 332（80）

③ 348（118）

③ 349（40）

③ 438（50）

③ 440（115）

③ 446（110，123）

③ 447（110）

③ 448（110）

③ 449（110）

③ 450（90，110）

③ 451（122）

③ 452（110）

③ 453（110）

大伴書持

③ 463（65）

大伴三中

③ 443（51，55，113，117，119）

③ 444（50，113）

③ 445（52）

大伴三依

④ 552（40）

④ 650（16）

大伴百代

④ 559 (26)

④ 560 (45)

大伴家持

③ 464 (91, 110)

③ 465 (91)

③ 466 (50, 57, 63, 93, 111, 122)

③ 467 (72, 110)

③ 468 (50)

③ 469 (110)

③ 471 (50, 59, 68, 114)

③ 473 (104)

③ 474 (99, 104)

③ 475 (64, <u>84</u>, 93, 105, 117)

③ 476 (64, 105)

③ 477 (67)

③ 478 (85, 90)

③ 479 (110, 115)

④ 681 (77)

④ 739 (41)

④ 748 (45)

④ 749 (45)

④ 764 (25)

④ 785 (114)

⑧ 1507 (77)

⑯ 3853 (32)

⑯ 3854 (32)

⑰ 3896 (83)

⑰ 3957 (66, 73, 106, 113, 118, 119)

⑰ 3958 (91, 119)

⑰ 3962 (34, <u>36</u>, 82, 93)

⑰ 3963 (44)

⑰ 3969 (28, 35, 36, 82, 94)

⑰ 4011 (19, 32)

⑰ 4014 (21)

⑱ 4094 (18, 40, 44)

⑱ 4096 (100)

⑱ 4116 (26)

⑱ 4125 (79)

⑲ 4160 (21)

⑲ 4170 (90)

⑲ 4211 (67, 80, 82, 92, 100, 111)

⑲ 4212 (111)

⑲ 4214 (35, 54, 63, 91, 96, 114, 118)

⑲ 4215 (95, 97)

⑲ 4281 (79)

⑲ 4331 (119, 121)

⑳ 4398 (120)

⑳ 4408 (24, 80, 121)

⑳ 4468 (114)

⑳ 4470 (114)

⑳ 4483 (48)

⑳ 4506 (116)

⑳ 4509（92）

⑳ 4514（122）

大伴部広成

⑳ 4382（30）

大原今城

⑳ 4507（116）

柿本人麻呂

① 29（116）

① 31（48, 74）

① 47（65, 107, 108）

② 135（55, 67）

② 167（60, 88, 116, 120, 122）

② 168（115）

② 169（55）

② 170（109）

② 194（74, 103, 115）

② 195（65, 74, 103）

② 196（75, 87, 88, 90, 91, 92, 108, 109）

② 197（109）

② 198（109）

② 199（57, 61, 63, 84, <u>86</u>, <u>88</u>, 91, 94）

② 200（64）

② 201（120）

② 207（51, 58, 65, 92, 112）

② 208（71, 98, 120）

② 209（67）

② 210（56, 57, 67, 74, 92, 94, 98, 107, 109, 112, 123）

② 211（68）

② 212（54, 89, 103）

② 213（56, 57, 74, 86, 93, 94, 98, 103, 108, 109, 112）

② 214（68）

② 215（54, 89, 104）

② 217（54, 62, 65, 80, 113, 117）

② 218（102, 107）

② 220（69, 98, <u>101</u>）

② 222（68, 71, 98, 101）

② 223（70, 104）

② 227（55、89, 98）

③ 426（124）

③ 428（104, 113）

③ 429（105, 113）

③ 430（68、105）

柿本人麻呂歌集

② 146（108）

⑦ 1119（65）

⑦ 1268（65）

⑦ 1269（114）

⑦ 1283（29）

⑨ 1782（31）

⑨ 1783（32）
⑨ 1796（66, 90, 110）
⑨ 1797（66, 108, 111）
⑨ 1798（111）
⑨ 1799（111）
⑪ 2355（41）
⑪ 2358（80）
⑪ 2359（78）
⑪ 2370（46）
⑪ 2374（79）
⑪ 2377（41）
⑪ 2390（46, 47）
⑪ 2401（46）
⑪ 2406（79）
⑪ 2408（37）
⑪ 2433（82）
⑪ 2434（46）
⑪ 2444（80）
⑪ 2458（61）
⑪ 2467（79）
⑪ 2498（41）

柿本人麻呂妻
④ 504（44）

笠郎女
④ 594（62）
④ 595（81）
④ 598（45）

④ 599（44）
④ 603（45, 47）
④ 605（41）

笠金村
⑧ 1453（77）

笠金村歌集
② 230（55, 84, 86, 87, 96, 104）
② 231（104, 123）
② 232（115）
② 233（91, 104, 108, 109）
⑨ 1785（44）

春日王
③ 243（47）

川辺宮人
② 229（64, 104）
③ 434（48, 90）

巫部麻蘇娘子
④ 704（80）

甘南備伊香真人
⑳ 4510（97）

紀女郎
④ 644（77）
④ 763（84）

倉橋部女王
③ 441（59, 88）

古歌集
② 89（22）

(19)

坂田部首麻呂
　⑳ 4342（27）
狭野弟上娘子
　⑮ 3745（83）
　⑮ 3747（47）
　⑮ 3748（47）
　⑮ 3772（43）
　⑮ 3774（83）
佐伯赤麻呂
　④ 628（17，22）
沙弥満誓
　④ 573（21，23）
聖徳太子
　③ 415（69）
聖武天皇
　④ 624（63）
高田女王
　④ 541（118）
高橋朝臣
　③ 481（22，51，54，55，72，76，
　　　91，95，96，102，105，
　　　108，110）
　③ 482（102、108，110）
　③ 483（74，96）
高橋虫麻呂歌集
　⑨ 1740（23，25，28，31，41，44，47）
　⑨ 1807（70，100）

⑨ 1809（52，55，73，87，97，
　　　100，101，107）
⑨ 1810（97，100）
⑨ 1811（101）
高安大島
　① 67（45）
高市皇子
　② 158（107，120）
橘諸兄
　⑰ 3922（23）
丹比国人
　⑳ 4446（16）
丹比大夫
　⑯ 3625（76，111，112，123）
丹比真人某
　② 226（98，102）
田辺福麻呂歌集
　⑨ 1800（53，70，100）
　⑨ 1801（90，91，95，97，99，100）
　⑨ 1802（99）
　⑨ 1804（60，62，76，95，97，107）
　⑨ 1805（76）
　⑨ 1806（55，98）
手持女王
　③ 417（102，104）
　③ 418（56，71，99，104）
　③ 419（93，98）

持統天皇
② 159（90）
② 161（68）
② 162（116）

中臣女郎
④ 678（81）

中臣宅守
⑮ 3733（83）
⑮ 3740（43）
⑮ 3741（81）
⑮ 3744（82）
⑮ 3780（47）

長意吉麻呂
② 143（108）
② 144（108）
⑨ 1673（123）

丹生王
③ 420（49, 51, 104, 106, 117）
③ 421（69, 99, 117）
③ 422（49）

丹生女王
④ 554（30）

額田王
② 155（96, 101, 103）

抜気大首
⑨ 1769（82）

博通法師

③ 307（115）
③ 309（48, 109）

丈部稲麻呂
⑳ 4346（119）

檜隈女王
② 202（64）

葛井子老
⑮ 3691（72, 102, 119）
⑮ 3692（59）
⑮ 3693（72, 102）

藤井連
⑨ 1779（119）

日置長枝娘子
⑧ 1564（62）

平群郎女
⑰ 3933（83）
⑰ 3934（43）
⑰ 3941（43）

乞食者
⑯ 3885（26, 38, 43）

穂積老
③ 288（119）

穂積皇子
② 203（103）

円方女王
⑳ 4477（116, 124）

皇子尊宮舎人

(21)

② 172（49, 109, 115）
② 173（115）
② 174（102, 103）
② 176（75）
② 177（103）
② 179（103）
② 180（109, 115）
② 182（103）
② 183（90）
② 187（103, 122）
② 188（54, 94）
② 189（90）
② 192（103）

六鯖

⑮ 3694（77, 87, 102）
⑮ 3695（77）

山前王

③ 423（123）
③ 424（50, 67）
③ 425（95, 104）

倭大后

② 147（80）
② 148（74）
② 153（108）

山上憶良

② 145（108, 122）
⑤ 794（35, 68, 93）

⑤ 798（110）
⑤ 799（95, 105）
⑤ 804（20, 22, 24, <u>28</u>, <u>29</u>, 81, 93）
⑤ 805（29, 114）
⑤ 886（34, 35, 38, 65, 70, 102）
⑤ 887（76）
⑤ 888（107）
⑤ 889（38, 41）
⑤ 891（76, 123）
⑤ 892（31, 32, <u>37</u>）
⑤ 894（118, 120）
⑤ 897（25, <u>30</u>, 31, <u>36</u>, 41, 87, 96）
⑤ 898（96）
⑤ 899（36, 52）
⑤ 902（82）
⑤ 904（<u>33</u>, 47, 75, 93, 95, 124）
⑤ 905（121）
⑤ 906（121, 123）
⑯ 3861（71）
⑯ 3862（92, 108, 111）
⑯ 3864（75）
⑯ 3865（71）
⑯ 3869（59）

山部赤人

③ 431（48, 99）
③ 432（99）
⑥ 946（89）

弓削皇子

② 120（67）

⑧ 1608（45）

依羅娘子

② 224（59，104）

② 225（74，91，104，113）

余明軍

③ 454（50）

③ 456（93，96）

③ 457（50）

③ 458（96，122）

婦人（天智天皇）

② 150（68，94，112）

麻績王

① 24（81）

3　和歌編　歌番号索引

【凡例】
一　本文として採録した万葉歌を歌番号ごとに掲出した。掲出方法は、

　　㊀歌番号（頁数）

　のように行った。
一　また、同歌が、1頁に複数ある場合は、（　）の頁数に下線を付した。

① 24（81）
① 29（116）
① 31（48, 74）
① 47（65, 107, 108）
① 67（45）
② 86（40, 71, 99）
② 87（21）
② 89（22）
② 120（67）
② 128（33）
② 129（20）
② 135（55, 67）
② 141（119）
② 143（108）
② 144（108）
② 145（108, 122）
② 146（109）
② 147（80）
② 148（74）

② 150（68, 94, 112）
② 153（109）
② 154（49）
② 155（96, 101, 103）
② 158（107, 120）
② 159（90）
② 161（68）
② 162（116）
② 163（49）
② 164（49）
② 165（103）
② 166（49）
② 167（60, 88, 116, 120, 122）
② 168（115）
② 169（55）
② 170（109）
② 172（49, 109, 115）
② 173（115）
② 174（102, 103）

② 176（75）
② 177（103）
② 179（103）
② 180（109, 115）
② 182（103）
② 183（90）
② 187（103, 122）
② 188（54, 94）
② 189（90）
② 192（103）
② 194（74, 103, 115）
② 195（65, 74, 103）
② 196（75, 87, 88, 90, 91, 92, 108, 109）
② 197（109）
② 198（109）
② 199（57, 61, 63, 84, 86, 88, 91, 94）
② 200（64）
② 201（120）
② 202（64）
② 203（103）
② 204（60, 87, 94）
② 205（56）
② 207（51, 58, 65, 92, 112）
② 208（71, 98, 120）
② 209（67）

② 210（56, 57, 67, 74, 92, 94, 98, 107, 109, 112, 123）
② 211（68）
② 212（54, 89, 103）
② 213（56, 57, 74, 86, 93, 94, 98, 103, 108, 109, 112）
② 214（68）
② 215（54, 89, 104）
② 217（54, 62, 65, 80, 113, 117）
② 218（102, 107）
② 220（69, 98, 101）
② 222（68、71, 98, 101）
② 223（71, 104）
② 224（59, 104）
② 225（74, 91, 104, 113）
② 226（98, 102）
② 227（55, 89, 98）
② 229（64, 104）
② 230（50, 84, 86, 87, 96, 104）
② 231（104, 123）
② 232（115）
② 233（91, 104, 108, 109）
② 234（115）
② 243（47）
③ 288（119）
③ 307（115）
③ 309（48, 109）

③ 331（16）
③ 332（80）
③ 348（118）
③ 349（40）
③ 415（69）
③ 416（59, 104）
③ 417（102, 104）
③ 418（56, 71, 99, 104）
③ 419（93, 98）
③ 420（49, 51, 104, 106, 117）
③ 421（69, 99, 117）
③ 422（49）
③ 423（123）
③ 424（50, 67）
③ 425（95, 104）
③ 426（124）
③ 427（65, 74）
③ 428（104, 113）
③ 429（105, 113）
③ 430（68, 105）
③ 431（48, 99）
③ 432（99）
③ 434（48, 90）
③ 438（50）
③ 440（115）
③ 441（59, 88）
③ 443（51, 55, 113, 117, 119）

③ 444（50, 113）
③ 445（52）
③ 446（110, 123）
③ 447（110）
③ 448（110）
③ 449（110）
③ 450（90, 110）
③ 451（122）
③ 452（110）
③ 453（110）
③ 454（50）
③ 456（93, 96）
③ 457（50）
③ 458（96, 122）
③ 459（54, 72, 90）
③ 460（40, 57, 73, 84, 93, 95, 117）
③ 461（50, 59, 114）
③ 463（65）
③ 464（91, 110）
③ 465（91）
③ 466（50, 57, 63, 93, 112, 122）
③ 467（72, 110）
③ 468（50）
③ 469（110）
③ 471（50, 59, 68, 114）
③ 473（104）
③ 474（99, 105）

[付] 索引編

③ 475（64, 84, 85, 93, 105, 117）
③ 476（64, 105）
③ 477（68）
③ 478（85, 90）
③ 479（110, 116）
③ 481（22, 51, 54, 55, 72, 76, 91, 95, 96, 102, 105, 108, 110）
③ 482（102, 108, 110）
③ 483（74, 96）
③ 504（44）
④ 541（118）
④ 552（40）
④ 554（30）
④ 559（26）
④ 560（45）
④ 563（22, 27）
④ 573（21, 23）
④ 581（41）
④ 594（62）
④ 595（81）
④ 598（45）
④ 599（44）
④ 603（45, 47）
④ 605（41）
④ 623（65）
④ 624（63）

④ 627（17, 22）
④ 628（17, 22）
④ 644（77）
④ 650（16）
④ 672（82）
④ 678（81）
④ 681（77）
④ 683（45）
④ 684（41）
④ 704（80）
④ 723（106）
④ 738（41）
④ 739（41）
④ 748（45）
④ 749（45）
④ 763（84）
④ 764（25）
④ 785（114）
⑤ 794（35, 69, 93）
⑤ 798（110）
⑤ 799（95, 105）
⑤ 804（20, 22, 24, <u>28</u>, <u>29</u>, 81, 93）
⑤ 805（29, 114）
⑤ 847（16, 27, 38）
⑤ 848（16, 38）
⑤ 884（65, 102）
⑤ 885（62, 65, 101）

(27)

3　和歌編　歌番号索引

⑤ 886（34, 35, 38, 65, 70, 102）
⑤ 887（76）
⑤ 888（107）
⑤ 889（38, 41）
⑤ 891（76, 123）
⑤ 892（31, 32, <u>37</u>, ）
⑤ 894（118, 121）
⑤ 897（25, <u>30</u>, 31, <u>36</u>, 41, 87, 96）
⑤ 898（97）
⑤ 899（36, 52）
⑤ 902（82）
⑤ 904（<u>33</u>, 47, 75, 93, 95, 124）
⑤ 905（121）
⑤ 906（121, 123）
⑥ 946（89）
⑥ 975（83）
⑥ 988（25）
⑥ 1020・1021（30, 121）
⑥ 1034（<u>17</u>）
⑥ 1043（79）
⑥ 1046（16）
⑦ 1080（16）
⑦ 1119（65）
⑦ 1129（57, 95）
⑦ 1142（119）
⑦ 1268（65）
⑦ 1269（115）

⑦ 1283（29）
⑦ 1349（27）
⑦ 1360（77）
⑦ 1375（61）
⑦ 1395（30）
⑦ 1404（87, 105）
⑦ 1405（86, 95）
⑦ 1406（48, 54, 72）
⑦ 1407（105）
⑦ 1408（53, 105, 118）
⑦ 1409（54, 71, 98, 117）
⑦ 1410（66, 75）
⑦ 1411（23）
⑦ 1412（72）
⑦ 1415（86, 87）
⑦ 1416（86, 87）
⑧ 1453（77）
⑧ 1455（81）
⑧ 1507（77）
⑧ 1564（62）
⑧ 1595（62）
⑨ 1608（45）
⑨ 1673（123）
⑨ 1740（23, 25, 28, <u>31</u>, 41, 44, 47）
⑨ 1779（119）
⑨ 1782（31）
⑨ 1783（32）

[付] 索引編

⑨ 1785（44）
⑨ 1769（82）
⑨ 1796（66, 90, 110）
⑨ 1797（66, 108, 111）
⑨ 1798（111）
⑨ 1799（111）
⑨ 1800（53, 70, 100）
⑨ 1801（90, 91, 95, 97, 99, 100）
⑨ 1802（99）
⑨ 1804（60, 62, 76, 95, 97, 107）
⑨ 1805（76）
⑨ 1806（55, 98）
⑨ 1807（70, 100）
⑨ 1809（52, 55, 73, 87, 97, 100, 101, 107）
⑨ 1810（97, 100）
⑨ 1811（101）
⑩ 1884（29）
⑩ 1885（29）
⑩ 1908（61）
⑩ 1927（27）
⑩ 1956（48）
⑩ 1985（80）
⑩ 2069（118）
⑩ 2246（62）
⑩ 2254（45）
⑩ 2256（45）

⑩ 2258（45）
⑩ 2274（45）
⑩ 2281（61）
⑩ 2282（68）
⑩ 2291（62）
⑩ 2333（63）
⑩ 2335（62）
⑩ 2337（64）
⑩ 2340（64）
⑩ 2341（64）
⑩ 2342（64）
⑩ 2345（64）
⑪ 2355（41）
⑪ 2358（80）
⑪ 2359（78）
⑪ 2370（46）
⑪ 2374（79）
⑪ 2377（41）
⑪ 2390（46, 47）
⑪ 2401（46）
⑪ 2406（79）
⑪ 2408（37）
⑪ 2433（83）
⑪ 2434（46）
⑪ 2444（81）
⑪ 2458（61）
⑪ 2467（79）

(29)

3 和歌編 歌番号索引

⑪ 2498 （41）
⑪ 2500 （29）
⑪ 2525 （89）
⑪ 2531 （80）
⑪ 2536 （78）
⑪ 2544 （46）
⑪ 2560 （46）
⑪ 2570 （46）
⑪ 2572 （46）
⑪ 2582 （17）
⑪ 2592 （46）
⑪ 2600 （89）
⑪ 2601 （29）
⑪ 2602 （22）
⑪ 2636 （41）
⑪ 2637 （38）
⑪ 2649 （21）
⑪ 2661 （82）
⑪ 2689 （16, 27, 62）
⑪ 2691 （114）
⑪ 2700 （42, 70）
⑪ 2718 （46）
⑪ 2734 （46）
⑪ 2756 （83）
⑪ 2764 （42）
⑪ 2765 （42）
⑪ 2784 （46）

⑪ 2788 （78）
⑪ 2789 （42）
⑪ 2808 （38）
⑪ 2809 （38）
⑫ 2868 （81）
⑫ 2869 （42, 64）
⑫ 2873 （46）
⑫ 2883 （44, 81）
⑫ 2891 （81）
⑫ 2896 （64）
⑫ 2904 （89）
⑫ 2905 （79）
⑫ 2907 （42）
⑫ 2913 （42, 79）
⑫ 2920 （83）
⑫ 2926 （27）
⑫ 2928 （42）
⑫ 2935 （80）
⑫ 2936 （42）
⑫ 2939 （46）
⑫ 2940 （42）
⑫ 2952 （26）
⑫ 2979 （81）
⑫ 2980 （89）
⑫ 3036 （61）
⑫ 3038 （62）
⑫ 3039 （62）

⑫ 3040（83）
⑫ 3041（63）
⑫ 3042（63）
⑫ 3043（17, 27, 63）
⑫ 3045（61, 78）
⑫ 3060（89）
⑫ 3066（45）
⑫ 3075（42）
⑫ 3080（46）
⑫ 3082（82）
⑫ 3083（42）
⑫ 3105（47）
⑫ 3107（89）
⑫ 3111（42）
⑫ 3115（78）
⑫ 3185（89）
⑫ 3194（78）
⑫ 3217（26）
⑬ 3241（119）
⑬ 3245（16）
⑬ 3246（27）
⑬ 3247（27）
⑬ 3255（78, 83）
⑬ 3266（63）
⑬ 3272（78）
⑬ 3292（81）
⑬ 3297（89）

⑬ 3298（42）
⑬ 3303（67, 73, 117）
⑬ 3324（85, 86, 88, 91, 95, 105）
⑬ 3325（105, 113）
⑬ 3326（59, **88**, 117, 122）
⑬ 3327（111）
⑬ 3328（111）
⑬ 3329（91, 94, 95）
⑬ 3330（48, 50, 75, 95）
⑬ 3331（105, 116）
⑬ 3333（66, 68, 117）
⑬ 3334（84, 117）
⑬ 3335（73）
⑬ 3336（53, 70, 99, 101, 102）
⑬ 3339（53, 70, 71, 73, 99, 102）
⑬ 3341（70, 71, 98, 122）
⑬ 3342（70, 99）
⑬ 3343（70, 101, 121, 122）
⑬ 3344（42, 52, 66, 96, 97, 121）
⑬ 3345（111）
⑬ 3346（69）
⑬ 3347（69, 89）
⑭ 3475（59, 105）
⑭ 3491（47）
⑭ 3535（83）
⑭ 3566（47）
⑭ 3577（73）

⑭ 3578（47）
⑮ 3582（121）
⑮ 3583（119, 121）
⑮ 3625（76, 111, <u>112</u>, 123）
⑮ 3688（71, 98）
⑮ 3689（72, 106）
⑮ 3690（77）
⑮ 3691（72, 102, 119）
⑮ 3692（59）
⑮ 3693（72, 102）
⑮ 3694（77, 87, 102）
⑮ 3695（77）
⑮ 3717（87）
⑮ 3733（83）
⑮ 3740（43）
⑮ 3741（81）
⑮ 3744（82）
⑮ 3745（83）
⑮ 3747（47）
⑮ 3748（47）
⑮ 3772（43）
⑮ 3774（83）
⑮ 3780（47）
⑮ 3786（68）
⑯ 3788（59, 106）
⑯ 3791（17）
⑯ 3792（23, 43）

⑯ 3793（23）
⑯ 3794（19）
⑯ 3797（44）
⑯ 3806（57, 98, 106）
⑯ 3811（43, 45）
⑯ 3813（82）
⑯ 3849（44）
⑯ 3852（43）
⑯ 3853（32）
⑯ 3854（32）
⑯ 3861（71）
⑯ 3862（92, 108, 111）
⑯ 3864（75）
⑯ 3865（71）
⑫ 3869（59）
⑯ 3885（26, 38, 43）
⑯ 3887（106）
⑯ 3888（64, 73, 106, 122）
⑯ 3889（123）
⑰ 3896（83）
⑰ 3922（23）
⑰ 3933（83）
⑰ 3934（43）
⑰ 3941（43）
⑰ 3957（66, 73, 106, 113, 118, 119）
⑰ 3958（91, 119）
⑰ 3962（34, 35, 36, 82, 93）

⑰ 3963（44）
⑰ 3969（28, 35, 36, 82, 94）
⑰ 4011（19, 32）
⑰ 4014（21）
⑱ 4080（44）
⑱ 4094（18, 40, 44）
⑱ 4096（100）
⑱ 4116（26）
⑱ 4125（79）
⑱ 4128（20）
⑱ 4133（20）
⑲ 4160（21）
⑲ 4170（90）
⑲ 4211（67, 80, 82, 92, 100, 111）
⑲ 4212（111）
⑲ 4214（35, 54, 63, 91, 96, 114, 118）
⑲ 4215（96, 97）
⑲ 4220（25）
⑲ 4236（69, 75, 94, 113）
⑲ 4237（94）
⑲ 4281（79）
⑳ 4331（119, 121）
⑳ 4342（27）
⑳ 4346（119）
⑳ 4382（30）
⑳ 4398（120）
⑳ 4401（122）
⑳ 4408（24, 80, 121）
⑳ 4446（16）
⑳ 4468（114）
⑳ 4470（114）
⑳ 4477（116, 124）
⑳ 4483（48）
⑳ 4506（116）
⑳ 4507（116）
⑳ 4509（92）
⑳ 4510（97）
⑳ 4514（122）

4 文章編　通し番号索引

【凡例】
一　該当語句の小分類を検索できるよう、用例の通し番号順に、その小分類を示した。
一　通し番号横に＊1とあるものは、複数の小分類に掲げたものである。

第一部　老

- (1) ‥‥老人
- (2) ‥‥老人
- (3) ‥‥老人
- (4) ‥‥老人
- (5) ‥‥老化
- (6) ‥‥老苦
- (7) ‥‥老苦
- (8) ‥‥老人
- (9) ‥‥老化
- (10) ‥‥老化
- (11) ‥‥老人
- (12) ‥‥老化
- (13) ‥‥老化
- (14) ‥‥老化
- (15) ‥‥老化
- (16) ‥‥老化
- (17) ‥‥老化
- (18) ‥‥老化
- (19) ‥‥老苦
- (20) ‥‥老苦
- (21) ‥‥老人
- (22) ‥‥老人
- (23) ‥‥老人
- (24) ‥‥老人
- (25) ‥‥老人
- (26) ‥‥老人
- (27) ‥‥老人
- (28) ‥‥老人
- (29) ‥‥老化

第二部　病

- (30)＊1‥‥病気／病臥
- (31) ‥‥病気
- (32) ‥‥病気
- (33) ‥‥病気
- (34) ‥‥病気

(35) ・・・・病気	(62) ・・・・瘡
(36) ・・・・治療	(63) ・・・・病状
(37) ・・・・病気	(64) ・・・・病状
(38) ・・・・薬	(65) ・・・・病状
(39)＊1・・・・病気／病臥	(66) ・・・・病状
(40) ・・・・薬	(67) ・・・・病状
(41) ・・・・治療	(68) ・・・・病苦
(42) ・・・・治療	(69) ・・・・回復
(43) ・・・・瘡	(70) ・・・・医者
(44)＊1・・・・病臥／病苦	(71) ・・・・回復
(45)＊1・・・・病気／治療	(72) ・・・・病気
(46) ・・・・回復	(73) ・・・・医者（人名）
(47) ・・・・病気	(74) ・・・・医者（人名）
(48) ・・・・治療	(75) ・・・・医者（人名）
(49)＊1・・・・病気／病苦	(76) ・・・・医者（人名）
(50) ・・・・病苦	(77) ・・・・医者（人名）
(51) ・・・・無事	(78) ・・・・医者（人名）
(52) ・・・・医者（人名）	(79) ・・・・医者（人名）
(53) ・・・・医者（人名）	(80) ・・・・医者（人名）
(54) ・・・・病苦	(81) ・・・・医者
(55) ・・・・病気	(82) ・・・・回復
(56) ・・・・失明	(83) ・・・・医者（人名）
(57)＊1・・・・病気／病臥	(84)＊1・・・・治療／薬／回復
(58) ・・・・病気	(85) ・・・・医者（人名）
(59) ・・・・病気	(86)＊1・・・・病気／病気／治療／回復
(60)＊1・・・・病気／病臥	(87) ・・・・医者
(61) ・・・・病気	(88) ・・・・医者

(89) ‥‥薬
(90)*1‥‥病気／治療
(91) ‥‥治療
(92) ‥‥治療
(93) ‥‥治療
(94) ‥‥薬
(95) ‥‥病気
(96) ‥‥病気
(97) ‥‥医者
(98) ‥‥医者（人名）
(99) ‥‥治療
(100) ‥‥病気
(101) ‥‥病気
(102)*1‥‥病気／病苦
(103) ‥‥病気
(104) ‥‥病気
(105) ‥‥病気
(106) ‥‥病気
(107) ‥‥病気
(108) ‥‥医者
(109) ‥‥病気
(110) ‥‥回復
(111) ‥‥病気
(112) ‥‥病苦
(113) ‥‥薬
(114) ‥‥薬
(115) ‥‥薬

(116) ‥‥病気
(117)*1‥‥病状／回復
(118) ‥‥病気
(119)*1‥‥病気／病状／病苦
(120)*1‥‥病気／病苦
(121) ‥‥病気
(122) ‥‥病気
(123) ‥‥病苦
(124)*1‥‥病気／病臥
(125)*1‥‥病気／病臥
(126)*1‥‥病状／病状
(127) ‥‥病気
(128) ‥‥病気
(129)*1‥‥病気／病臥
(130) ‥‥病苦
(131) ‥‥病臥
(132)*1‥‥病気／病臥
(133) ‥‥病苦
(134) ‥‥痩身
(135) ‥‥痩身
(136) ‥‥痩身
(137) ‥‥病気
(138)*1‥‥病気／病臥
(139) ‥‥病気
(140) ‥‥病苦
(141) ‥‥病状
(142) ‥‥病状

(143)	‥‥病臥	(167)	‥‥死ぬ
(144)	‥‥病状	(168)	‥‥死ぬ
(145)*1	‥‥病気／病臥	(169)	‥‥死ぬ
(146)	‥‥病気	(170)	‥‥死ぬ
(147)	‥‥病気	(171)	‥‥仏事
(148)*1	‥‥病気／病臥	(172)	‥‥死ぬ

第三部　死

		(173)	‥‥移葬
		(174)	‥‥死人
		(175)	‥‥移葬
(149)	‥‥諡	(176)	‥‥殯宮
(150)	‥‥諡	(177)	‥‥殯宮
(151)	‥‥諡	(178)	‥‥死ぬ
(152)	‥‥諡	(179)	‥‥葬送
(153)	‥‥諡	(180)	‥‥死ぬ
(154)	‥‥死ぬ	(181)	‥‥殯宮
(155)	‥‥諡	(182)	‥‥殯宮
(156)	‥‥諡	(183)	‥‥死ぬ
(157)	‥‥挽歌	(184)	‥‥死ぬ
(158)	‥‥葬送	(185)	‥‥墓
(159)	‥‥挽歌	(186)	‥‥死ぬ
(160)	‥‥諡	(187)	‥‥死ぬ
(161)	‥‥死ぬ	(188)	‥‥死ぬ
(162)	‥‥死ぬ	(189)	‥‥死人
(163)	‥‥殯宮	(190)*1	‥‥死／臨終
(164)	‥‥墓	(191)	‥‥死ぬ
(165)	‥‥諡	(192)	‥‥死人
(166)	‥‥死ぬ	(193)	‥‥死ぬ

(194) ‥‥挽歌	(221) ‥‥死ぬ
(195) ‥‥死人	(222) ‥‥死妻
(196) ‥‥諡	(223) ‥‥死ぬ
(197) ‥‥死	(224) ‥‥葬送
(198) ‥‥葬送	(225) ‥‥不幸
(199) ‥‥死ぬ	(226) ‥‥不幸
(200) ‥‥死ぬ	(227) ‥‥不幸
(201) ‥‥死ぬ	(228) ‥‥命
(202) ‥‥死人	(229) ‥‥寿命
(203) ‥‥死ぬ	(230) ‥‥死苦
(204) ‥‥火葬	(231) ‥‥死
(205) ‥‥溺死	(232) ‥‥死
(206) ‥‥火葬	(233) ‥‥死ぬ
(207) ‥‥墓	(234) ‥‥死ぬ
(208) ‥‥死人	(235) ‥‥黄泉
(209) ‥‥死人	(236) ‥‥死ぬ
(210) ‥‥故人	(237) ‥‥挽歌
(211) ‥‥死ぬ	(238) ‥‥死苦
(212) ‥‥死	(239) ‥‥死ぬ
(213)*1 ‥‥自死／経死	(240) ‥‥死ぬ
(214) ‥‥死ぬ	(241) ‥‥臨終
(215) ‥‥死ぬ	(242) ‥‥薄命
(216) ‥‥死ぬ	(243)*1 ‥‥命／薄命
(217)*1 ‥‥死ぬ／黄泉	(244) ‥‥薄命
(218) ‥‥葬送	(245) ‥‥死ぬ
(219) ‥‥葬送	(246) ‥‥死ぬ
(220) ‥‥死妻	(247)*1 ‥‥死ぬ／死道